KAMPENWAND
VERLAG

ISBN: 978-3-98660-081-5

Raiffeisenstr. 4 · D-83377 Vachendorf
www.kampenwand-verlag.de

Versand & Vertrieb durch Nova MD GmbH
www.novamd.de · bestellung@novamd.de · +49 (0) 861 166 17 27

Text: Krinke Rehberg
Umschlagfotos: ©Oleg_Yakovlev/shutterstock,
©Busara/shutterstock, ©andrejs polivanovs/shutterstock,
©Gordan/shutterstock
Satz: Buch-Werkstatt GmbH, Bad Aibling
Druck: CUSTOM PRINTING
Wał Miedzeszynski 217, 04-987 Warszawa, Polen

KRINKE REHBERG

TÖDLICHE AIDA

FRIEDA OLSEN ERMITTELT

KREUZFAHRTKRIMI

AUCH WICHTIG!

Die Geschichte ist frei erfunden. Alle Ähnlichkeiten mit lebenden oder verstorbenen Personen und/oder realen Handlungen sind zufällig und nicht beabsichtigt. Ausgenommen hiervon sind historische Personen und Ereignisse.
Dieses Buch steht in keinem Zusammenhang mit der *AIDA Cruise* und der *Carnival Maritime GmbH.* Lediglich die Handlung spielt auf einem der AIDA Kreuzfahrtschiffe.

Für Sabine
Ohne sie wäre alles nix!

ACH JA: NIEMAND IST PERFEKT!
Daher bitte ich eventuelle Rechtschreibfehla zu entschuldigen ...;)

PROLOG

Schuld und Angst sind zwei grausame Gefühle, die unerbittlich Glück und Geborgenheit aus der Seele verbannen.

Sie treten so facettenreich auf, dass der begrenzte, menschliche Geist die Auswirkungen nicht erahnen kann.

Erst die Anerkennung der Schuld und das Ergründen der Angst, geben die Seele frei aus der Umklammerung.

Frieda Olsen

1

VOR ZEHN TAGEN

Die Schublade leuchtete grünlich, als ob Smaragde darin lagerten.

Sie nahm ein Messer und spürte den Griff kalt und fremd in ihrer Hand liegen. Im geschliffenen Stahl der Klinge spiegelte sich der grüne Schimmer wider.

Irgendetwas stimmte nicht.

Woher kam dieses Licht?

Hinter sich vernahm sie ein leises, kratzendes Geräusch und fuhr wie ein gehetztes Tier herum. Ein Schauer jagte durch ihren Körper. Sie fror.

Im selben Moment entglitt das Messer ihrer Hand.

In dem Bruchteil der Sekunde, in der es mit der Klinge voran zu Boden fiel, spürte sie den Schmerz, noch bevor die Klinge sich in ihren Fuß bohrte. Dann hörte sie sich schreien.

Und plötzlich war ihr bewusst, weshalb sie mitten in der Nacht in ihrer Küche stand.

Jemand war im Haus und suchte nach ihr.

2

KIEW, 4. OKTOBER 1957

Es dämmerte bereits im Westen von Kiew. Nikita Chruschtschow saß im Politbüro der KPdSU und blickte auf den Dnjepr.

Seine Augen schweiften über die Darnytskyi- Brücke, die die kleine Insel im Fluss mit der Stadt verband.

Kiew hatte sich zu einer großen und mächtigen Stadt entwickelt. Er erinnerte sich an die Zeit nach dem Bürgerkrieg. Vor 36 Jahren war Galina vor seinen Augen gestorben. Sie war völlig entkräftet zusammengebrochen und hatte nicht mehr aufstehen wollen. Verhungern war ein grausamer, langsamer Tod.

Er sah die kargen Felder und leeren Ställe wieder vor sich. Die verhungerten Alten, deren Angehörige keine Kraft gehabt hatten, Gräber für sie auszuheben. Die hervorstehenden Rippen der Kinder, die zu schwach zum Spielen gewesen waren.

Schon damals hatte er sich geschworen, es eines Tages besser zu machen. Besser als Stalin.

Der Weg zum obersten ZK-Sekretär war steil und beschwerlich gewesen und trotz seiner hehren Ziele war auch er über Leichen gegangen.

Jetzt saß er in seinem Büro und wartete auf den Anruf aus Baikonur.

Im Vorfeld hatte er nichts darüber verlauten lassen. Die Überraschung würde umso größer sein, wenn der Start nach Plan verliefe.

Aus einem der anderen Zimmer hörte er das Klingeln eines Telefons. Dann Schritte, die sich eilig näherten und schließlich ein Klopfen an seine doppelflügelige Bürotür.

Wenig später betrat er den Konferenzraum, in dem die lokalen Politiker warteten und verkündete:

»Heute haben wir Weltgeschichte geschrieben! Unser Sputnik wurde erfolgreich auf seine Umlaufbahn ins Weltall geschossen!«

3

Auch wenn der Name Sputnik, zu Deutsch Reisegefährte, harmlos und friedlich klang, so war die Botschaft an die Welt eindeutig.

Die unscharfen Bilder von der Startrampe in der Steppe Kasachstans, der Countdown und der grelle Feuerschweif versetzten den Westen in Staunen und Schrecken.

Knapp 90 Kilogramm, die ein Weltgefüge ins Wanken brachten und Hermann Seitz wieder einmal deutlich vor Augen führten, dass der Iwan nicht zu unterschätzen war.

Hermann Seitz hatte nach einem Wirtschaftsstudium seine Arbeit bei einer Bank in Schleswig-Holstein angetreten. Wie fast alle Menschen auf der Welt, hatte er gebannt im Fernsehen die Bilder aus der UdSSR gesehen.

Noch immer sprach er vom Iwan, wenn er über die Sowjets redete. Die Erinnerungen an die letzten Tage des Krieges waren ständig präsent.

Der Iwan hatte der ganzen Welt gezeigt:

Seht her! Unsere Raketen können jedes Ziel erreichen.

Als Hermann Seitz in den Nachrichten Nikita Chruschtschow hörte, wie er die sowjetische Vormacht im Weltall verkündete, war ihm sofort schmerzlich bewusst, dass er dies mitzuverantworten hatte. Würden sich die Machtverhältnisse im Kalten Krieg verschieben? Was würde das für die BRD bedeuten?

Hermanns Erfahrungen aus dem Zweiten Weltkrieg hatten die tiefe Abscheu gegenüber Nazis und Russen nachhaltig geprägt.

Er blickte gedankenverloren auf das Bild des fußballgroßen Satelliten mit seinen Antennen.

Die Wege, die er in seinem Leben eingeschlagen hatte, beeinflussten nicht nur sein eigenes Schicksal, sondern das einer ganzen Epoche. Das wurde ihm mit jedem Lebensjahr deutlicher!

Würde der Iwan unter Nikita Chruschtschow mit seiner Raketenvormachtstellung einen dritten Weltkrieg ausrufen?

Welche Auswirkungen seine Taten auf die Welt haben würden, hatte er nicht vorausgesehen.

Konnte er mit einer solch epochalen Schuld überhaupt leben? Und wen würde er um Verzeihung bitten können? Gott?

Hermann Seitz zahlte jeden einzelnen Tag den Preis dafür!

Tief im Inneren hoffte er, dass es keine Hölle gäbe.

4

VOR 3 WOCHEN

»Mord?«

Im hinteren Teil des Cafés befanden sich weder weitere Gäste noch Personal und dennoch biss sie sich bei dem Wort auf die Lippen, als ob sie auf frischer Tat ertappt worden wäre.

Damit hatte sie nicht gerechnet.

Sie starrte die beiden Personen ihr gegenüber am Tisch an.

»Das war so nicht abgemacht!«, zischte sie.

»Wir hatten noch gar nichts vereinbart, aber das ist der Deal. Ein Mord an Bord des Schiffes wird die Passagiere in Unsicherheit und Zweifel stürzen.«

»Und darauf kommt es Ihnen an?«, fragte sie irritiert.

Beide nickten stumm und nachdrücklich.

Nicht, dass sie den Eindruck hatte, die zwei sähen wie eiskalte Mörder aus, aber hieß es nicht immer, es sei einem Menschen nicht anzusehen, zu welchen Taten er fähig sei?

»Und wieso ein Mord? Gibt es keine andere Möglichkeit?«, fragte sie verunsichert.

»Wir würden das gleich zu Beginn der Reise hinter uns bringen, dann können Sie den Rest der Kreuzfahrt in vollen Zügen genießen!«

Gedankenverloren blickte sie in ihre Kaffeetasse und rieb ihre schweißnassen Hände an dem Jeansstoff ihrer Hose trocken.

»Sie haben nichts zu befürchten. Niemand wird je etwas davon erfahren!«, versuchte der Mann ihre Zweifel zu zerstreuen, während die Frau sie argwöhnisch musterte.

Der Tod gehörte nun einmal zum Geschäft und brachte am meisten ein. Hier ging es um Geld. Es ging immer um Geld.

Sie waren lange genug im Geschäft, um die Risiken zu kennen. Aber eben auch die Chancen. Anders als die junge Frau, die nervös vor ihnen saß und der sie die Zweifel im Gesicht ablesen konnte.

Auch wenn sie sich im Laufe der Jahre eine gewisse Menschenkenntnis erarbeitet hatte, war sie nicht sicher, ob sie in ihr die Richtige gefunden hatten. Aber war man das je?

Allerdings drängte die Zeit, denn die AIDAaura würde in 3 Wochen von Le Port auf Mauritius aus in See stechen.

5

PEENEMÜNDE-WEST, VERSUCHSSTELLE DER LUFTWAFFE KARLSHAGEN, 1945

Hermann Seitz saß auf dem Kutschbock eines gummibereiften Pferdekarrens. Die Strecke vom Hafen zum Flughafengelände war nicht weit, aber die beiden Gäule ächzten unter der Last der 250 Kilogramm schweren Fliegerbombe.

Seit Tagen wurden die Bomben von einem Kran auf die Fuhrwerke geladen und in die vier Kilometer entfernten Hangars und ehemaligen Werkstätten transportiert. Das Gelände würde gesprengt werden, damit der Iwan nur Schutt und Asche vorfände.

Die Befehlshaber hatten bereits vor Wochen wie Ratten das sinkende Schiff verlassen und waren in den Westen geflüchtet. Allen war bewusst, dass der Iwan ganz nah war.

Die Gräueltaten der einfallenden Sowjets verbreiteten sich schneller als der Wind und die Hoffnung auf eine Rettung starb mit jedem neuen Tag.

Mit seinen 15 Jahren wäre Hermann eigentlich an die Front zum Ostwallschippen abkommandiert worden, aber sein Onkel war der Kommandant der Heeresversuchsanstalt in Peenemünde und hatte ihn als Kriegsfreiwilligen für die Flughafenlandwirtschaft eingeteilt.

Jetzt wuchs auch für Hermann die Gefahr mit jedem Kilometer, den der Iwan näher kam.

Seine Mutter arbeitete seit 1936 in der Verwaltung und sie wohnten in einem der neuerrichteten Reihenhäuser in unmittelbarer Nachbarschaft von Erich Warsitz und Wernher von Braun.

Hermanns Schule lag direkt hinter den Dünen. Im Sommer liefen sie jeden Tag nach Unterrichtsende zum Strand und sprangen in die erfrischende Ostsee.

Als unbedarfter und nichtsahnender Junge glaubte er fest daran, dass die Deutschen von hier aus zu den Sternen fliegen und das Weltall erobern würden. Schließlich arbeiteten alle in Peenemünde an Raketen und Düsenflugzeugen und der charismatische Flugkapitän Warsitz erzählte den staunenden Jungen manchmal von dem Rausch des Fliegens und der Kraft der Düsentriebwerke. Für Hermann bedeutete das Heranwachsen auf einem Flughafen ein großes Abenteuer und erst im August 1943, als die britische Luftwaffe mit der Operation Hydra den Flughafen bombardierte, wurde er mit den Schrecken des Krieges konfrontiert.

Der Bombenteppich der Royal Air Force verfehlte den Flughafen und das Testgelände und traf große Teile der Siedlung sowie das Arbeitslager Karlshagen 1.

In dieser Nacht hallten im Schein der brennenden Gebäude die Schreie der Häftlinge durch die Dunkelheit.

Bis dahin hielt Hermann sich strikt an die Weisung seines Onkels, nicht mit Häftlingen und Gefangenen zu reden, da es sich um Kriminelle handele. Sein Schulweg führte an den streng bewachten Baracken hinter den Stacheldrahtzäunen vorbei und er eilte jedes Mal erschrocken weiter, wenn er einen Inhaftierten sah.

Nach dieser Nacht wurden viele der Gefangenen zum Wiederaufbau und für die Verdunklungsmaßnahmen der Siedlungshäuser eingesetzt und Hermann hatte erstmalig Kontakt zu den Gefangenen.

Im Lager Karlshagen 1 unterschied man die Insassen durch umgedrehte Dreiecke, die an der Brust getragen wurden. Ein rotes Dreieck stand für Kriminelle, ein grünes für politisch Verfolgte und ein schwarzes für Gefangene mit religiösen Hintergrund.

Als Hermanns Mutter einem kleinen Trupp Fremdarbeiter Brot und Speck geben wollte, lehnten diese die Gabe mit der Begründung ab, dass sie hart bestraft würde, sollte ein Aufseher die Lebensmittel entdecken. Trotz des offensichtlich großen Hungers war ihnen die Sicherheit seiner Mutter ein Anliegen.

Daraufhin gab sie den Gefangenen bei der Arbeit etwas zu essen. Seine Mutter wurde von den Menschen im Fremdarbeiterlager wie eine Heilige verehrt.

In den KZ und Arbeitslagern der Nationalsozialisten gab es Kapos, die aus den Reihen der Häftlinge rekrutiert wurden, um ihre Mithäftlinge zu befehligen.

Bevorzugt wurden Kriminelle, die sich durch besondere Brutalität hervorhoben. Sie bekamen Vergünstigungen in Form von Alkohol, Essen und Besuchen in dem Lagerbordell.

Hermanns Mutter schleuste monatelang erfolgreich ihre Hilfen an den Kapos vorbei.

Nach und nach wurde Hermann bewusst, welcher Unmenschlichkeit und Härte die Häftlinge ausgesetzt waren.

Geprägt von der Hilfsbereitschaft und Güte seiner Mutter, geriet Hermann kurz vor Kriegsende in eine Situation, dessen Ausgang ihn ein Leben lang mit Schuldgefühlen und Albträumen plagte.

6

HEUTE - MAURITIUS, PORT LOUIS

Als Frieda die Bugsuite der AIDAaura auf Deck 7 betrat, fühlte sie sich sofort sicher. Hier war alles vertraut. Die typischen Farben und Möbel, die sie von den anderen Schiffen der AIDA-Flotte kannte, ließen sie tief durchatmen. Das Blau und Gelb harmonierte sehr gut mit den Brauntönen. Augenblicklich stellte sich ein Gefühl von zuhause ein.

Schon beim Einchecken wurde sie mit dem obligatorischen AIDA-Spruch *Sie haben Urlaub!* begrüßt. Für Frieda war der Partyaspekt der AIDA-Schiffe uninteressant, sie suchte Entspannung und Ruhe in ihrer Suite mit der kleinen Terrasse am Bug. Und wenn sie mit ihren 70 Jahren das Bedürfnis hatte, als Zuschauerin bei den Mottoparties, die immer irgendwo stattfanden, dabei zu sein, konnte sie das bunte Treiben aus sicherer Entfernung beobachten.

Mit der 26-tägigen Seereise von Mauritius nach Venedig stand ihr eine Traumreise bevor. Die Fahrt führte über den

Indischen Ozean, um die arabische Halbinsel herum und durch den Suezkanal in die Ägäis, bis sie schließlich in Venedig ankommen würden. Voller Vorfreude sah sie den nächsten Wochen entgegen.

So aufregend hatte sie sich ihre Seniorenjahre nicht vorgestellt. Natürlich liebte sie Kriminalfälle und als Hobbydetektivin waren die Ermittlungen auf der AIDAbella und der AIDAluna für sie von höchstem Interesse gewesen.

Aber ein Verbrechen aus den Akten zu lösen oder aber Opfern und Tätern persönlich nahe zu sein, waren zwei unterschiedliche Paar Schuhe.

Mord war kein wünschenswerter Reisebegleiter, das war ihr deutlich bewusst geworden.

Zum Dank für die Aufklärung an den Verbrechen, hatte die Maritime-Cruise-GmbH sie auf die AIDAaura von Mauritius nach Venedig eingeladen.

Besonders schätzte man ihre Verschwiegenheit bei dem letzten Fall an Bord der Luna. Man wollte die Ereignisse nicht in der Öffentlichkeit breittreten.

Frieda hatte, schon aus ureigenem Interesse, den Kontakt zu den Medien abgeblockt. Der Rummel um ihre Person hatte absurde Züge angenommen.

Sie war gezwungen gewesen, eine neue und geheime Handynummer zu beantragen und ihre E-Mail-Adresse zu ändern. Wenn es nach ihrem Sohn Klaas gegangen wäre, hätte sie sogar umziehen sollen. Aber ihre Wohnung im Niemansweg in Kiel hatte sie nicht aufgeben wollen.

Klaas hatte versucht, sie auf der AIDAbella einzubuchen, da er seinen 3-monatigen Kapitänsdienst dort antreten würde.

Er machte sich ernsthafte Sorgen um seine Mutter. Doch Frieda hatte diese Besorgnis mit einer Handbewegung abgetan.

Natürlich wusste sie, dass Klaas es nur gut mit ihr meinte, aber sie war nicht gewillt, ihre Selbstbestimmung aufzugeben. Waren die Kinder jung, entschieden die Eltern in bestem Wissen und Gewissen für sie und im Alter kehrte sich dies um. Welch Ironie!

Doch so weit war es bei ihr noch nicht! Frieda blickte gedankenverloren auf den frischen Obstteller, der auf dem kleinen Beistelltisch stand. Daneben hatte der Steward einen Sektkühler mit Eis und Champagner bereitgestellt.

Sie aß ein paar dunkle Trauben, die süß und verboten gut schmeckten.

Nach Champagner stand ihr jetzt noch nicht der Sinn. Es war erst 13 Uhr und auch wenn ein Glas Champagner am Morgen den Kreislauf in Gang bringen mochte, so zog Alkohol bei ihr unweigerlich Müdigkeit nach sich. Sie wollte an diesem ersten Tag jede Stunde genießen.

Durch die geöffnete Terrassentür humpelte sie hinaus auf ihren 20qm großen Balkon mit Blick über den Bug. Der Fuß bereitete ihr bei Belastung Probleme und sie zwang sich, das Gewicht zu verlagern und den Schmerz zu verdrängen. Sie würde sich davon nicht diese Reise verderben lassen!

Ihre Suite war eine von zwei Premiumsuiten an Bord der Aura und bot ihr jetzt einen wunderbaren Blick auf die modern anmutende Skyline von Port Louis. Im Hintergrund befanden sich die bewaldeten Hänge und über allem ragte der *Le Pouce*, der Daumen. Das Felsmassiv mit seinen 812 Metern schien, weit oberhalb der Gebäude, am blauen Himmel zu kitzeln.

Es herrschten fast 30 Grad, die dank einer leichten Brise viel erträglicher waren, als Frieda es aus Kiel kannte.

Ganz im Kontrast zu der modernen Hafenstadt lagen mitten im Hafenbecken mehrere, vom Rost zerfressene Fischtrawler auf Reede. Frieda versuchte, sich die Arbeit auf diesen Fischerbooten vorzustellen. Der Vergleich zu dem Kreuzfahrtriesen machte ihr schlagartig deutlich, wie privilegiert sie lebte.

Unweit der AIDAaura lag ein Boot der mauritischen Küstenwache am Pier.

Frieda hatte sich vor Beginn der Reise über die Inselgruppe vor Ostafrika belesen und als ihr Flieger gestern zum Landeanflug auf Mauritius ansetzte, waren ihr die Worte von Mark Twain in den Sinn gekommen:

Zuerst wurde Mauritius erschaffen, dann das Paradies. Aber das Paradies war nur eine Kopie von Mauritius.

Sie konnte Mark Twain nur zustimmen. Schon der Anblick dieser Inselgruppe im türkisblauen Indischen Ozean, mit ihren weißen Sandstränden und den aus der Luft zu erkennenden Korallenriffen, war atemberaubend. Hier trafen die verschiedensten Kulturen, Religionen und Bräuche aufeinander und all dies schien von der kreolischen Lebensfreude zusammengehalten zu werden.

Hinter der verrosteten Trawlerflotte erhob sich ein, im Kolonialstil erbautes Shoppingcenter auf einer Insel mitten im Hafenbecken.

Gestern hatte sie den kleinen Ort Chamarel und den einzigartigen Geopark besucht.

Aus der üppigen Vegetation rauschten dort zwei Bäche 100 Meter in die Tiefe und bildeten einen beeindruckenden Doppelwasserfall. Die Luft, erfüllt von kleinsten

Tröpfchen und das Rauschen des Wassers hatten ihr die gewaltige Kraft des Elements verdeutlicht.

Den schönsten Anblick aber boten die Sieben Erden in Chamarel. Ein Naturphänomen vulkanischen Ursprungs, das die Basaltlava rot und violett bis hin zu blau, grün und gelb leuchten ließ. Ganz so, als ob Van Gogh seine Farbpalette anmischte. Der Blick über die bunten Hügel ließ sie all die Ereignisse der letzten Wochen vergessen.

Jetzt schoben sich die Bilder wieder in den Vordergrund, aber Frieda wischte sie beiseite. Sie befand sich im Paradies, also würde sie das Schiff erkunden, auch wenn sie es wegen ihres verletzten Fußes langsam angehen lassen musste. Sie kannte die AIDAaura noch nicht. Das 2002 gebaute Schiff war das älteste und kleinste der AIDA-Flotte mit dem Kussmund und dem langen Lidstrich. Frieda ging ins Bad und ließ sich zur Abkühlung etwas kaltes Wasser über die Handgelenke laufen, als es an der Kabinentür klopfte. Sie öffnete und erkannte an den vier Streifen der Uniform den Kapitän.

»Frau Olsen«, erklang die tiefe und sonore Stimme hinter dem Vollbart.

»Es freut mich außerordentlich, Sie an Bord begrüßen zu dürfen! Ich bin Kapitän Krasnici. Zoltan Krasnici!«

Frieda ergriff die dargebotene Hand und bemerkte den festen und entschlossenen Händedruck. Sie bat ihn lächelnd, einzutreten.

»Ich fühle mich geehrt, Kapitän, aber Sie hat doch nicht etwa mein Sohn geschickt, um nach mir zu sehen, oder?«

Seine graugrünen Augen, der dunkle Teint und der Vollbart ließen nicht viel von seinem Gesicht erkennen. Er strahlte eine große Autorität aus.

»Ich muss gestehen, ich bin Ihrem Sohn noch nicht begegnet. Es ist mir allerdings ein Bedürfnis, Sie persönlich zu begrüßen.«

Der Akzent des Kapitäns war stark von seiner kroatischen Muttersprache geprägt, aber sein Deutsch war perfekt. Mit fragend hochgezogenen Augenbrauen schaute er auf ihren rechten Fuß.

Bevor er den Mund öffnen konnte, beantwortete Frieda die unausgesprochene Frage.

»Ein dummer Unfall, nicht weiter schlimm, nur unangenehm!«

Der Kapitän nickte.

»Sie sind mittlerweile auf unseren Schiffen eine richtige Berühmtheit.«

Frieda erahnte hinter seinem Vollbart den Anflug eines Lächelns.

»Ich wäre lieber weniger berühmt!«, kommentierte sie ehrlich. Unbewusst seufzte sie.

»Und ich muss ehrlich gestehen, dass es mir recht wäre, wenn Sie auf meinem Schiff nicht als Ermittlerin in Erscheinung treten würden!«

Kapitän Krasnici sah sie ernst an. Das Lächeln war verschwunden.

»Wie darf ich das verstehen, Kapitän Krasnici?«

»Bitte interpretieren Sie es nicht falsch, aber nach den Vorfällen auf der Bella und der Luna eilt Ihnen ein gewisser Ruf voraus.«

»Ein Ruf?«

»Aberglaube und Mystizismus haben in der Seefahrt eine lange Tradition und einige Mitglieder meiner Crew sehen in Ihrer Anwesenheit an Bord ein böses Omen.«

»Ein böses Omen?«

Friedas Augen weiteten sich vor Staunen und sie runzelte verärgert die Stirn, als sie bemerkte, dass sie wie ein Papagei die Worte des Kapitäns nachplapperte.

»Bitte seien Sie versichert, dass ich nicht dazu gehöre!«

Jetzt war das Lächeln hinter dem Bart wieder zu erkennen.

»Wieso erzählen Sie mir das?«

»Ich möchte, dass Sie sich nicht wundern, wenn Sie von der Crew angestarrt oder gemieden werden.«

Frieda sah Krasnici einige Sekunden stumm an. »Glauben Sie mir, die beiden letzten Reisen haben mich emotional sehr mitgenommen und Mord ist NICHT mein Hobby!«

Sie klang aggressiver, als es ihre Absicht war. In den letzten Wochen hatte sie unzählige Presseanfragen abgelehnt und sich mit übergriffigen Fans abmühen müssen. Außerdem hatte der Vorfall vor 10 Tagen in ihrer Wohnung nicht zu ihrem allgemeinen Wohlbefinden beigetragen.

Frieda spürte, dass die Rolle, in die sie ungewollt hineingedrängt worden war, ihr mehr und mehr missfiel. Sie war nach dem ersten Mord auf der AIDAbella noch begierig gewesen, an den Ermittlungen teilzuhaben. Aber die bleibenden Eindrücke bedeuteten für sie eine nicht vorhergesehene, seelische Belastung.

Wahrscheinlich reagierte sie deswegen extrem dünnhäutig auf derartige Bemerkungen.

»Man kann es aber auch als glückliche Fügung sehen, dass ich gerade dann an Bord war, da beide Male die Reisen fortgesetzt werden konnten! Das war doch sicherlich im Interesse Ihres Arbeitgebers!«

»Mich müssen Sie nicht überzeugen, Frau Olsen! Ich weiß um Ihre Verdienste und kann mir vorstellen, dass Ihre beiden letzten Reisen auf unseren Schiffen wahrlich kein Vergnügen waren.«

Frieda glaubte, einen versöhnlichen Ton herauszuhören.

»Die Aura ist ein kleines Schiff, fast familiär im Vergleich zum Rest unserer Flotte. Sie werden hier eine ruhige und erholsame Zeit genießen, dafür werde ich mich persönlich einsetzen.«

Krasnicis Augen verströmten Wärme und Trost. Frieda fiel es schwer, den kroatischen Kapitän einzuschätzen.

»Ich danke Ihnen!«

Sie sah ihn stirnrunzelnd an.

»Und Klass hat Sie ganz sicher nicht geschickt, um nach mir zu sehen?«

Der Kapitän neigte seinen Kopf und warf ihr einen Blick zu, den sie nicht deuten konnte.

»Als Kapitän bin ich gewohnt, eigene Entscheidungen zu treffen und wie ich bereits sagte, bin ich Ihrem Sohn bisher nicht begegnet.«

»Verzeihen Sie!«

Krasnici nickte verständnisvoll.

»Wenn Sie irgendetwas benötigen, zögern Sie nicht, mich oder meine Crew darum zu bitten!«

Frieda bedankte sich nochmals und als der Kapitän ihre Suite verlassen hatte, lehnte sie sich mit dem Rücken an die Kabinentür. Ihr Herz pochte und ließ das Adrenalin in die Höhe schießen. Plötzlich war alles wieder da!

Aus den verborgenen Kammern ihres Gehirns schob sich ein Bild vor ihr geistiges Auge und unmittelbar darauf befiel sie nackte Panik.

Er war hier, suchte sie, um sie zu holen. Sie sah schemenhaft eine Hand, die ein Messer fallen ließ und eine blitzende Klinge, die sich in ihren Fuß bohrte. Wieder spürte sie den stechenden Schmerz.

Sie hatte gedacht, das Erlebte verarbeitet zu haben, aber das Wissen, in ihrer Erdgeschosswohnung jemandem ausgeliefert gewesen zu sein, verursachte nach wie vor Panikattacken. Sie zwang sich zur Ruhe, doch das Herzrasen wollte nicht vergehen. Sie spürte kalten Schweiß auf der Stirn und tastete sich an der Wand entlang zum Bad.

Übelkeit stieg in ihr auf und sie ließ erneut kaltes Wasser über ihre Handgelenke laufen. Langsam normalisierte sich der Puls und die Übelkeit ging zurück.

Frieda ärgerte sich über sich selbst. Ihre Ärztin hatte sie gewarnt, dass sich die Attacken fortsetzen konnten und der nächtliche Einbruch in ihre Wohnung all das hervorbringen könnte, was sie die letzten Monate nicht verarbeitet hatte.

Sie würde sich professionelle Hilfe holen müssen, um diese Panikattacken verhindern zu können!

Warum war sie bei der Begegnung mit Kapitän Krasnici in Panik geraten? Hatte es mit seiner Stimme zu tun oder mit der Autorität, die er ausstrahlte? Im Grunde genommen wirkte er freundlich und aufrichtig besorgt.

Frieda erinnerte sich mit Schrecken an die Gestalt in ihrer dunklen Wohnküche. Sie ging davon aus, dass es sich um einen Mann handelte, obwohl nur der Umriss einer Person zu sehen gewesen war. Es war die Größe und die Ausstrahlung von Macht gewesen, die sie einen Mann vermuten ließ.

Letzten Endes war die Verletzung am Fuß ihre eigene Schuld. Sie hatte sich ungeschickt mit dem Messer angestellt. Die eigentliche Verletzung befand sich allerdings nicht an ihrem Fuß, sondern in ihrem Kopf. Es war dieses ohnmächtige, hilflose Gefühl des Ausgeliefertseins, als dieser Fremde in der Dunkelheit vor ihr gestanden und sie angestarrt hatte.

Seine Waffe war ihre Angst gewesen und auch wenn Frieda eine resolute Frau war, so bedeutete der Einbruch einen Angriff auf ihre Psyche, der ihr das Gefühl von Sicherheit und Schutz genommen hatte. Sie war in den Tiefen ihrer Seele verletzt und ihr war beim besten Willen nicht klar, wie sie sich davon erholen sollte.

Das war jetzt zehn Tage her und immer noch stellte sie sich die Frage, was der Einbrecher in ihrem Kühlschrank gesucht hatte.

7

Die Diagnose war ein Schock gewesen und es hatte gedauert, die Hiobsbotschaft zu akzeptieren. Jetzt hatte der Tod an Schrecken verloren und sie genoss die lang ersehnte Freiheit.

In Port Louis ging Karin Mehdorn in Begleitung ihres Ehemannes Armin an Bord der AIDAaura.

Für beide bedeutete die 26-tägige Reise über den Indischen Ozean nach Venedig den Beginn eines neuen Lebensabschnitts.

Sie würden die Vergangenheit hinter sich lassen, den Schmerz, die Entbehrung und das Selbstmitleid. Statt sich zu ergeben, hatten sie beschlossen, ihr Schicksal in die eigene Hand zu nehmen. Jeder für sich!

Karin Mehdorn war eine kleine, zierliche Person. Das Kopftuch, die blasse Haut und das eingefallene Gesicht ließen sofort auf eine Krebserkrankung schließen. Die Augen waren von einer großen, dunklen Sonnenbrille verdeckt und die aufrechte Haltung verriet, dass sie sich nicht hatte brechen lassen.

Als Frieda das Ehepaar auf der Terrasse der Anytime-Bar auf Deck 10 sitzen sah, bewunderte sie das offensichtliche Selbstbewusstsein der von Krankheit gezeichneten Frau und wandte schnell den Blick ab. Sie wollte ihr nicht das Gefühl vermitteln, angestarrt zu werden.

Sofort besann sie sich eines Besseren. Ausgrenzung begann mit der verstohlenen Musterung und Vermeidung eines Blickkontaktes!

Also sah Frieda die Frau direkt an und nickte ihr freundlich zu.

Dann setzte sie sich an einen der Tische unter den schattenspendenden Sonnensegeln, die quer über die Terrasse gespannt waren und genoss den weiten Blick über das Heck der Aura auf den Indischen Ozean. Die Panikattacke hatte sie mit Atemübungen und kaltem Wasser überstanden. Sie musste herausfinden, was genau diese Attacken auslöste!

Sie sah sich um. An diesem ersten Reisetag schaute sie sich die Gesichter der Mitreisenden interessiert an. Hier waren die unterschiedlichsten Menschen bunt zusammengewürfelt und Frieda liebte es, die Gäste zu beobachten. Sie teilte diese in zwei Kategorien ein: Die Ersttäter, die sich aufgeregt umsahen und viele Fotos mit ihren Handys schossen und die Wiederholungstäter, die wie sie die Schattenplätze suchten und den Blick auf das Wasser richteten.

Trotz des Sonnensegels und der leichten Brise bedeutete die Klimaumstellung eine Herausforderung. Frieda hatte mit einem luftigen Seidenensemble genau die richtige Bekleidung gewählt.

Keiner der Kellner war bisher zu ihr gekommen und während sie Ausschau nach einem hielt, registrierte sie irritiert, dass sie tatsächlich gemieden wurde. Trotz der Warnung des Kapitäns fühlte Frieda Tränen der Enttäuschung aufsteigen. Glaubte das abergläubische Personal tatsächlich, sie würde das Verbrechen oder Unglück anziehen? Bisher hatte sie über Abergläubige verständnislos den Kopf geschüttelt und die Ansicht vertreten, dass Aberglauben nur Unglück bringe.

Natürlich wusste sie, dass die Mitarbeiter der Bordcrew größtenteils von den Philippinen kamen, wo zwar der Katholizismus weit verbreitet war, aber ein traditioneller Aberglaube fest verwurzelt in den Köpfen saß. Ganz sicher waren die Ereignisse auf der AIDAbella und AIDAluna innerhalb der Crew von Schiff zu Schiff verbreitet worden.

Frustriert und in Gedanken versunken saß Frieda an ihrem Tisch, als sie überraschend angesprochen wurde.

»Miss Olsen! Es freut mich sehr, Sie hier zu sehen!«, vernahm sie eine ihr bekannte Stimme mit starkem Philippino-Akzent.

»Ernesto!«, rief sie freudig.

»Was machen Sie hier?«

Der Suitensteward, den sie von der AIDAbella kannte, verbeugte sich entschuldigend.

»Sie müssen Entschuldigung, Kollegen glauben, Sie bringen Unglück und so haben Angst vor Ihnen!«

Frieda sah Ernesto hilflos an und noch bevor sie die Stirn runzeln konnte, fuhr er fort:

»Aber Ernesto weiß, das ist alles Märchen!«

Frieda war erleichtert, in ihm einen Fürsprecher zu haben.

Dennoch schmerzte es sie, zu erfahren, dass sie für ein böses Omen gehalten wurde. Und dann schlich sich ein Gedanke in ihr Bewusstsein: Zog sie Mord tatsächlich an?

Ernesto rief eine Kellnerin herbei und redete eindringlich in ihrer Landessprache auf sie ein. Sie duckte sich mehrmals, nickte und grinste Frieda schließlich schüchtern und schuldbewusst an.

»Was darf ich Ihnen bringen, Miss Marple Olsen?«

Frieda freute sich, diesen Spitznamen aus dem Mund der Kellnerin zu hören. Von der Crew wurde sie so genannt, weil sie auf einer ihrer ersten AIDA-Kreuzfahrten den Verdacht des Diebstahls von einem Philippino abwenden konnte, indem sie die wahren Täter unter den Gästen entlarvte. Seitdem hatte sie sich vor Dankesbezeugungen und Verbeugungen nicht retten können. Jetzt konkurrierte offenbar der Aberglaube mit der Dankbarkeit!

»Bitte Ernesto, keine Umstände!«

»Nein, nein, Miss Olsen. Sie sind Gast und viel wichtiger, Sie sind Freund von Crew!«

»Ich nehme bitte einen frisch gepressten Orangensaft mit viel Eis.«, wandte sie sich lächelnd an die junge Frau.

»Alles wird gut, Miss Marple Olsen!«, zerstreute Ernesto in seiner fröhlichen Art ihre Zweifel und tatsächlich machten ihr seine Worte Mut.

Als Frieda das kühle Glas Orangensaft in den Händen hielt, vernahm sie hinter sich an der Decksreling eine schrille und aufdringliche Frauenstimme.

»Ich springe jetzt von Bord!«

8

HEUTE - INDISCHER OZEAN - KURS LE PORT, LA RÉUNION

Während die AIDAaura über den Indischen Ozean stampfte, begab Frieda sich in das Selection-Restaurant steuerbordseitig auf Deck 8.

Sie hatte den Tisch hinten am Fenster reserviert, um mit dem Rücken zur Wand zu sitzen. Diese Platzwahl war dem Einbruch geschuldet und sie war sich dessen bewusst, wollte aber keine weitere Panikattacke riskieren.

Ihr gefiel die geschmackvolle Einrichtung mit holzgetäfelten Wänden und blauen Vorhängen vor den Fenstern. Die gelb-blau-gestreiften Sessel und die zahlreichen Stehlampen schufen ein behagliches Ambiente.

Frieda bestellte einen weißen Rioja und wählte das Lachs-Rote-Beete-Couscous mit Kalbsfilet im Kräutermantel aus der Menükarte.

Ein paar Tische weiter erblickte sie die Frau mit dem Kopftuch und als ihre Blicke sich trafen, lächelten sie sich grüßend zu.

An einem der Fenstertische saß ein älterer Herr mit weißem Haar und Brille. Sie schätzte ihn weit älter als sich selbst. Er nippte vorsichtig an einem Glas Wein und blätterte in einem kleinen Notizbuch.

Während sie den trockenen Rioja genoss, beschlich sie das unbestimmte Gefühl, beobachtet zu werden. Alarmiert checkte sie die Gäste an den Nachbartischen ab, aber niemand schien sich besonders für sie zu interessieren. Dennoch spürte sie einen Blick im Nacken, obwohl sie mit dem Rücken zur Wand saß.

Es half nichts, sie musste sich zusammenreißen und von ihrer Angst befreien! So konnte es nicht weiter gehen! Sie war schließlich zur Erholung auf dem Schiff!

Ein Tumult am Eingang des Restaurants zog ihre Aufmerksamkeit auf sich.

Ein Paar mittleren Alters unterhielt sich lautstark, während es darauf wartete, an einen Tisch geleitet zu werden.

»Ich weiß genau, was ich gesehen habe!«, rief die Frau.

»Mich überzeugt die Lenormand 9-er Legung einfach nicht! Da gibt es bessere Wege!«

Der Kleidungsstil dieser extrovertierten Personen unterschied sich deutlich von dem meist gepflegten oder legeren Outfit der anderen Gäste.

Das lange, dunkle Haar der Frau ruhte auf einer schwarzen Seidenstola, die mit Tierkreiszeichen bestickt war. Darunter trug sie eine knallbunte Weste mit lachenden und weinenden Smileys und eine dunkelblaue Pluderhose, verziert mit gelben Sternen. Ihre Füße steckten in regenbogenfarbenen Espandrillos.

Die außerordentliche Körperfülle dieser Frau ließ den Mann neben ihr wie einen Zwerg aussehen.

Sein Kopf zierte eine Halbglatze mit braunem Haarkranz. Eine überdimensional große Brille verdeckte die Hälfte seines runden Gesichts und der Anzug, der eine Nummer zu groß war, schillerte in allen Nuancen des Grünspektrums.

Friedas erster Gedanke beim Anblick dieses Paares war, dass es sich um Gastkünstler handeln musste.

»Dir fehlen einfach die 16 Karten des klassischen Tarots!«, erläuterte der Mann seiner Partnerin, während sie einen Fenstertisch unweit von Frieda ansteuerten.

»Gerade in ihrer Schlichtheit liegt der wahre Vorteil der Lenormand-Karten, lieber Dieter.«

»Nein Helga, eben darin liegt ihre ganze Unbrauchbarkeit. Außerdem hast du keine Kehrseite bei den Lenormand-Karten. Wie willst du da eine verlässliche Aussage über die Zukunft treffen?«

Mittlerweile wandten sich alle Gäste im Selection-Restaurant dem Paar zu.

Frieda war belustigt und neugierig zugleich.

Das Streitgespräch dieses illustren Paares bot eine ungewollt komische Unterhaltung, zumal Frieda den Satz, *verlässliche Aussage über die Zukunft*, zum Schreien komisch fand.

Während der Bug mit dem Kussmund durch die nächtlichen Wellen im Indischen Ozean glitt, saß am anderen Ende des Restaurants, verdeckt von einem holzvertäfelten Pfeiler, ein Mann und löffelte seine Suppe, ohne den Blick von Frieda abzuwenden.

Ihm waren ihre Kabinennummer und ihre Vorliebe für individuell gestaltete Landausflüge bekannt. Gerade diese Ausflüge ohne Begleitung würden ihm seinen Auftrag erleichtern. Da konnte die alte Dame ihm nicht entwischen!

9

Christine Zabel hatte jahrelang gespart, um sich diese exklusive Kreuzfahrt leisten zu können. Sie bewohnte eine Meerblickkabine auf Deck 6. Die Sicht war durch die Davids der Rettungsboote eingeschränkt, aber die Kabine lag nur wenige Schritte vom Promenadendeck entfernt.

Bisher kannte sie Kreuzfahrten nur aus dem Fernsehen und als sie einen Fuß auf die AIDAaura setzte, stellte sich ein wunderbares Gefühl von Abenteuer ein.

Die bunte Vielfalt der Buffets und Restaurants war überwältigend! Sie kundschaftete aus, in welchen Restaurants extra bezahlt werden musste und traute sich nicht, an einem der Tische Platz zu nehmen.

Stundenlang schlenderte sie über das Schiff und betrat immer wieder die verschiedenen Restaurants, ohne etwas zu essen.

Irgendwann begab sie sich in ihre Kabine, aber an Schlaf war nicht zu denken. Die Aufregung und das euphorische Gefühl ließen ihre Gedanken kreisen. Zu wissen, dass sie sich mitten auf dem Indischen Ozean befand, reichte aus, um wieder aufzustehen. Sie musste sich vergewissern, dass dies kein Traum war.

Es war bereits nach Mitternacht und sie stand an der Reling auf Deck 6, direkt vor ihrem Kabinenfenster und schaute hinaus auf den Ozean. Die warme Nachtluft strich sanft über das Promenadendeck. Auf dem Ozean spiegelte sich das Mondlicht und die Decksbeleuchtung warf bizarre Schatten an die Schiffswand.

Christine Zabel lauschte dem Rauschen der vorbeigleitenden Wellen. Weit entfernt hörte sie das Brummen der Schiffsmotoren. Sie schloss die Augen, lehnte sich an die Reling und streckte die Nase in den Wind.

Über ihr vernahm sie ein Geräusch, als ob Liegen oder Stühle verrückt würden.

Sie öffnete die Augen und erstarrte vor Schreck.

10

PEENEMÜNDE-WEST, VERSUCHSSTELLE DER LUFTWAFFE KARLSHAGEN, 1945

Hermann Seitz hatte die Luger seines Onkels aus dem Schreibtisch genommen und stand nun vor Oberstabsfeldwebel Rint.

Was für ein Bild gab er ab! Mit der Waffe in der Hand zu fordern, die Häftlinge nicht töten zu lassen!

Rint wirkte nur den Bruchteil einer Sekunde überrascht und lachte dann lauthals.

»Du machst also gemeinsame Sache mit den KZ-Häftlingen!«

Seine Stimme war gefährlich ruhig. Der Blick aus den kalten Augen des Oberstabsfeldwebels drang bis in Hermanns Innerstes.

»Ich zähle bis drei, dann gibst du mir deine Pistole und ich werde diesen Vorfall vergessen und dich nicht mit den KZ-Häftlingen erschießen!«

Rint starrte ihn an.

»Eins.«

Rints rechte Hand wanderte langsam zu seiner Hüfte.

»Zwei!«

Er klang energischer und mit Daumen und Zeigefinger öffnete er den Druckknopf des Pistolenhalfters an seinem Gürtel.

»Letzte Chance, Junge!«

Hermanns Gedanken kreisten wie wild flatternde Tauben in seinem Kopf umher. Er steuerte geradewegs auf eine Katastrophe zu. War es bereits zu spät? Hatte er die Grenze schon überschritten? Ein Zurück konnte es jetzt nicht mehr geben. Die graugrünen Augen des Oberstabsfeldwebels verfolgten jede Regung von ihm.

»Drei!«

Rint sprach die letzte Zahl seelenruhig aus und nahm langsam seine Pistole aus dem Halfter.

Hermann spürte seine pulsierende Halsschlagader. War er überhaupt in der Lage, einen Menschen zu erschießen?

Er schloss die Augen und drückte ab. Ein hässliches und niederträchtiges Lachen erfüllte die Morgendämmerung.

11

HEUTE - INDISCHER OZEAN - KURS LE PORT, LA RÉUNION

Weit nach Mitternacht wälzte Frieda sich in dem großen Bett hin und her. Immer wieder erwachte sie aus einem unruhigen Dämmerschlaf. Die unbestimmte Angst, beobachtet zu werden, ließ sich nicht abschütteln.

Sie schlief normalerweise bei geöffneter Terrassentür, doch gestern Abend hatte sie diese geschlossen. Es vermittelte ihr das notwendige Gefühl von Sicherheit, obwohl ein Eindringen in die Kabine von der Wasserseite her völlig abwegig war.

Das Summen der Klimaanlage holte sie aus ihrem Traum. Sie konnte sich nicht an Einzelheiten erinnern, aber sie hatte Angst gehabt.

Die trockene Luft ließ sie schwer atmen. Sir riss die Terrassentür auf und sog gierig die nächtliche Seeluft ein. Dann trank sie ein Glas Wasser und legte sich wieder ins Bett.

Ein leises Knarzen ließ sie auffahren. Sie spürte einen sanften Luftzug, der sie frösteln ließ. Die Kabinentür musste geöffnet worden sein, sonst würde kein Durchzug entstehen.

Panisch suchte sie den Schalter der Nachttischlampe, als eine Hand sich auf ihren Arm legte.

Er stand ganz dicht neben ihr.

Sie rollte sich auf die andere Seite des Bettes und sprang auf die Beine. Von zwei kräftigen Armen wurde sie gepackt und ins Wohnzimmer zur Terrasse gezogen. Frieda versuchte, sich zu wehren, strampelte mit den Füßen und stieß dabei den kleinen Tisch mit dem Obstteller um. Aus den Augenwinkeln sah sie einige der Weintrauben über den Boden rollen und dass ein nackter Fuß diese auf dem orangefarbenen Teppich zu Matsch zertrat.

Den Arm um ihren Hals geschlungen, zerrte der Mann sie auf die Terrasse. Die Panik überwältigte sie wie ein Tsunami und plötzlich, als ob sie leicht wie eine Feder wäre, wurde sie hochgehoben und über die Reling geworfen. Sie sah noch das hämische Grinsen in dem dunklen Gesicht, bevor ihr Körper in die kalten Fluten eintauchte.

12

Ein Körper fiel direkt vor ihren Augen in die dunklen Wellen.

Sie hörte deutlich das Aufklatschen auf dem Wasser und in den Sekunden, in denen sie dem Körper nachblickte und er in den Fluten versank, nahm sie keinen Atemzug.

Christine Zabel erinnerte sich an die Sicherheitseinweisung, die sie mit den anderen Gästen an Bord erhalten hatte. Außer dem korrekten Anlegen der Schwimmwesten waren sie darüber informiert worden, was im Falle eines Mann-über-Bord-Notfalls zu tun war. Sie runzelte die Stirn und zwang sich, nachzudenken.

Rettungsring!, schoss es ihr durch den Kopf und sofort griff sie nach einem der roten Ringe an der Reling und warf ihn über Bord. Wie weit mochten sie schon von der Unglücksstelle entfernt sein?

Da war noch etwas, was sie tun musste. Angestrengt dachte sie mit aufgerissenen Augen und einem Pochen in ihrer Brust nach und schnappte schließlich nach Luft.

Atmen! Sie hatte vergessen, zu atmen.

Dann rannte sie panisch den Kabinenflur entlang, die Treppen hinauf zu Deck 10 und sank vor der Hemingway-Lounge erschöpft auf dem grünen Teppich nieder. Vollkommen außer Atem, versuchte sie, das eben Gesehene zu begreifen. War tatsächlich jemand über Bord gesprungen oder hatten ihr das Mondlicht und die Wolken einen Streich gespielt? Konnte es eine optische Täuschung gewesen sein?

Sie zwang sich zur Ruhe. Nein, sie hatte eindeutig einen Körper fallen und in den Fluten versinken sehen.

Hoffentlich half der Rettungsring! Irgendetwas musste sie unternehmen! Sie stemmte sich mit Hilfe des Treppengeländers hoch.

Hier war niemand, dem sie ihre Beobachtung mitteilen konnte! Sie drückte auf den Fahrstuhlknopf, aber das Warten auf den Lift schien ihr sinnlos. Ging es nicht um jede Minute? Würde die Suche im weiten Ozean bei Nacht erfolgreich sein? Was war, wenn Haie ...?

Sie lief die Treppe wieder hinab auf Deck 6 zur Rezeption. Dort würde ganz sicher jemand sein. Sie ärgerte sich, dass sie nicht sofort daran gedacht hatte, dann hätte sie wertvolle Zeit gespart.

Als sie die letzten Stufen erreichte, hielt sie sich erschöpft am Geländer fest. Sie schaute auf den halbrunden Rezeptionstresen. Er war nicht besetzt.

Die große Deckenbeleuchtung, eine Tiffanyverglasung in Form einer Sonne, vermittelte gute Laune und stand in völligem Kontrast zu der ernsthaften Situation.

»Help!«, rief sie.

Aus dem hinteren Bereich trat augenblicklich ein Mitarbeiter hervor und eilte zu ihr.

»Es ist jemand über Bord gefallen!«

Sie wiederholte den Satz atemlos und bemerkte erst jetzt, dass sie versuchte, englisch zu sprechen, weil sie so weit weg von zuhause war. Aber ihr Englisch war ein sehr rudimentäres Schulenglisch und in den letzten 45 Jahren nicht gebraucht worden.

»Sie haben gesehen, dass jemand über Bord gefallen ist?«, fragte der alarmierte Steward in perfektem Deutsch.

Sie nickte.

»Wo, wann?«

»Auf Deck 6, vor ein paar Minuten!«

»Steuerbord oder Backbord?«

Sie wusste darauf keine Antwort. Ihr fehlte die Orientierung. Der Steward eilte zurück zum Rezeptionstresen und rief die Brücke an.

Nur Sekunden später ertönte der Schiffsgong, gefolgt von »OSKAR, OSKAR, OSKAR, I repeat: OSKAR, OSKAR, OSKAR!«

Christine Zabel hatte nicht die geringste Ahnung, welche Kette von Ereignissen durch diesen Code in Gang gesetzt wurde.

Der diensthabende Brückenoffizier notierte die Position und ließ den entsprechenden Notfallcode über die Bordlautsprecher ausgeben. Danach benachrichtigte er den Kapitän sowie die Staffkapitänin.

Zeitgleich eilten Crewmitglieder auf die Decks und warfen Blitzbojen über Bord, um die Chance einer Bergung zu erhöhen.

Auf der Brücke wurde der Williamson-Turn eingeleitet, ein spezielles Manöver, das großen Schiffen ermöglichte, schnellstmöglich auf den ursprünglichen Kurs zu der Unglücksstelle zu gelangen.

Kapitän Krasnici erschien eine Minute nach dem Anruf auf der Brücke. Seine Kabine lag auf Deck 10, direkt hinter der Kommandozentrale des Schiffes. Er gab den Befehl, das MRCC zu informieren. Das Marine-Rescue-Coordination-Center war bei dem geringsten Zweifel, die über Bord gegangene Person in angemessener Zeit mit eigenen Mitteln zu bergen, anzufordern.

Krasnici war klar, dass die Chance, einen Menschen bei Nacht im Indischen Ozean zu finden, mit der berühmten Suche nach der Nadel im Heuhaufen zu vergleichen war.

Staffkapitänin Sabine Christiansen koordinierte ihr Security-Team, das das Aussetzen zweier Rettungsboote vorbereitete.

Nur ein paar Minuten später wurde bei gedrosselter Fahrt das erste Rescue-Boot über den Ausleger zu Wasser gelassen. Es war mit einem Suchscheinwerfer ausgestattet und eilte in Richtung der zuvor ausgesetzten Blitzbojen.

Die Staffkapitänin begab sich zur Rezeption auf Deck 6, um die Zeugin des Vorfalls zu befragen.

Sie fand Christine Zabel auf einem Stuhl im Rezeptionsbüro sitzend. Ihr Blick wirkte gehetzt und ängstlich, als die 1,80 m große Staffkapitänin sie ansprach.

Sabine Christiansen war eine der wenigen weiblichen Führungsoffiziere auf einem Kreuzfahrtschiff. Ihre große, schlanke Erscheinung mit dem blonden Kurzhaarschnitt wirkte, in Verbindung mit der Uniform, respekteinflößend.

»Frau Zabel, ich bin Staffkapitänin Christiansen und unter anderem für die Sicherheit an Bord der AIDAaura zuständig.«

»Haben Sie sie schon gefunden?«

Christine Zabel starrte die Offizierin an.

»Was haben Sie genau gesehen, es ist ungeheuer wichtig für uns, so genau wie möglich zu erfahren, was geschehen ist, um die Rettungsmaßnahmen optimal abzustimmen.«

Sabine Christiansen sprach bestimmt und ruhig auf die aufgelöste Frau ein.

»Wo genau an Bord befanden Sie sich, als Sie die Beobachtung machten?«

Christine Zabel konzentrierte sich.

»Ich konnte nicht schlafen und bin von meiner Kabine aus auf das Promenadendeck gegangen.«

»Welche Kabine bewohnen Sie?«

»6129.«

»Die liegt auf der Steuerbordseite. Wissen Sie noch die genaue Uhrzeit?«

Christine Zabel schüttelte den Kopf. »Das weiß ich nicht. Ich war ungefähr drei oder vier Minuten später hier an der Rezeption.«

»Ganz ruhig, Frau Zabel. Wir haben bereits alle Rettungsmaßnahmen in die Wege geleitet. Erzählen Sie der Reihe nach.«

Für Staffkapitänin Christiansen waren alle Informationen wichtig.

»Möchten Sie einen Schluck Wasser oder Tee?«

Frau Zabel schüttelte den Kopf.

»Was genau haben Sie gesehen?«

»Direkt vor meinen Augen ist jemand ins Wasser gefallen und …«

Sabine Christiansen unterbrach sie.

»Haben Sie erkennen können, ob es sich um einen Mann oder eine Frau handelte?«

Christine Zabel sah die Staffkapitänin mit großen Augen an. Darüber hatte sie sich noch gar keine Gedanken gemacht. Es war alles so schnell gegangen.

»Das war nicht zu erkennen. Die Person hatte etwas Helles an. Und dann hörte ich deutlich den Körper auf das Wasser klatschen. Das Schiff entfernte sich so schnell und ich konnte nichts mehr erkennen.«

»Können Sie sich daran erinnern, wie groß der Körper war?«

»Keine Ahnung, es tut mir leid!«

Christine Zabel hob verzweifelt die Schultern.

»Das ist meine erste Kreuzfahrt und dann gleich so etwas!«

Sie vergrub ihr Gesicht in den Händen und schluchzte.

»Glauben Sie, dass die Person gefunden wird?«

»Machen Sie sich bitte keine Sorgen, Frau Zabel. Sie haben alles richtig gemacht. Es muss nicht immer jemand über Bord gefallen sein.«

»Sie meinen, die Person wurde gestoßen?« Erschrocken weiteten sich Frau Zabels Augen und plötzlich wurde ihr die Tragweite des Gesagten bewusst.

»Sie glauben, jemand hat … ein Mord?«

Sie stockte.

Christiansen fasste die aufgebrachte Passagierin am Arm.

»Keineswegs! Es ist schon vorgekommen, dass Sonnenliegen über Bord gegangen sind oder Bademäntel. Bei Dunkelheit ist es schwierig, das auseinanderzuhalten.«

»Glauben Sie, ich habe eine Sonnenliege gesehen?«, fragte Cristine Zabel ungläubig.

»Ich glaube erst einmal gar nichts, sondern möchte herausfinden, was Sie gesehen haben könnten.«, fuhr Staffkapitänin Christiansen ruhig fort.

»Was, wenn es nur eine Liege war?«

»Dann haben wir Glück gehabt!«

»Aber so ein Mann-über-Bord-Einsatz ist doch bestimmt teuer. Muss ich das dann bezahlen?«, erkundigte Christine Zabel sich ängstlich.

»Nein, natürlich nicht! Die Sicherheit unserer Passagiere ist das oberste Gebot an Bord unseres Schiffes. Und wir suchen lieber einmal mehr, als einmal zu wenig.«

Christine Zabel rief sich die Bilder in Erinnerung und schüttelte schließlich energisch den Kopf.

»Nein, das war keine Liege. Es war ein Mensch, der ins Wasser gefallen ist!«

Sie sah die große Offizierin an.

»Ich habe übrigens sofort einen Rettungsring hinterher geworfen!«

»Das war sehr umsichtig und hilfreich, Frau Zabel. Erholen Sie sich erst einmal von dem Schock. Ich lasse Sie von einem Steward auf Ihre Kabine bringen und schicke Ihnen eine Krankenschwester des Bordhospitals. Sie wird Ihnen etwas zur Beruhigung geben.«

Christiansen überreichte ihr eine Visitenkarte.

»Unter dieser Nummer erreichen Sie mich oder das Security-Office, falls Ihnen noch etwas einfällt.«

»Was machen Sie jetzt?«

»Wir wenden gerade und suchen bereits. Außerdem haben wir Unterstützung angefordert. Machen Sie sich bitte keinen Sorgen mehr.«

Mit ihrer langjährigen Erfahrung wusste Sabine Christiansen, dass die Chance, eine Person nachts im Ozean zu finden, gleich null stand, aber sie wollte die Passagierin nicht unnötig in Aufruhr versetzen.

Während Frau Zabel in ihre Kabine auf Deck 6 gebracht wurde, traf sich Staffkapitänin Christiansen mit dem Kapitän und dem Ersten Nautischen Offizier auf der Brücke zur Lagebesprechung.

»Die Aussage der Zeugin klingt glaubhaft und realistisch.«, informierte sie den Kapitän.

»Wir haben circa fünf Minuten nach der Sichtung Blitzbojen abgeworfen und ein Rettungsboot ausgesetzt.«

»In wenigen Minuten werden wir die Ausgangsposition erreicht haben«, ergänzte der Erste Nautische Offizier.

»Wir müssen wissen, wer da über Bord gegangen ist!« Krasnicis Stimme bebte hinter seinem Bart.

»Ich habe bereits eine Zählung der Passagiere veranlasst, alle Suchscheinwerfer sind besetzt und die Crew ist mit Taschenlampen an Deck.«

Alle drei wussten, dass die Gewässer hier im Indischen Ozean von Haien bevölkert waren. Die Raubfische jagten meist knapp unter der Wasseroberfläche.

»Hoffen wir das Beste!«, schloss Krasnici das kurze Meeting, um sich mit den neuen Informationen an das MRCC zu wenden.

13

Die Lenormand 9er-Legung ist für Voraussagungen ungeeignet!«

Helga Bunges Stimme strotzte vor Überheblichkeit.

»Das kannst du doch nun wirklich nicht in Zusammenhang setzen, Helga!«

Dieter Hegner war, nachdem er mitten in der Nacht von der Crew geweckt worden war und seine Bordkarte einem mobilen Scanner vorhalten musste, sofort zur benachbarten Kabine seiner Kollegin geeilt.

Auf dem Flur von Deck 4 hatte er beobachtet, dass die Crew an jede Kabinentür klopfte, um die Passagiere durchzuzählen. Binnen weniger Minuten herrschte unter den meisten Passagieren Aufregung, gepaart mit Neugier und Sensationslust.

Auch wenn das Crewpersonal nicht preisgab, weshalb es mitten in der Nacht die Passagiere durchzählte, so konnte sich jeder an fünf Fingern abzählen, welchen Hintergrund das hatte. Die Decks und das Meer um das Schiff herum waren hell erleuchtet und die Schiffsmotoren gedrosselt. Die AIDAaura trieb auf dem Ozean und suchte.

Helga Bunge sah in dem Zwischenfall das von ihr aus den Tarot-Karten vorhergesagte, dunkle Ereignis und verteidigte ihre Aussage vor ihrem Kollegen.

Das AIDA-Entertainment hatte die beiden, die früher viel im Astro-TV zu sehen waren, für Astrologie-Workshops gebucht. Das Interesse an den Workshops und Einzelsitzungen musste allerdings unter den Passagieren erst geweckt werden.

Das Geschäft mit der Astrologie war geprägt von Erfolgsdruck und starker Konkurrenz. Im TV zählte die Quote der gebührenpflichtigen Anrufe, mit denen der Sender sein Geld verdiente. Natürlich brachte die TV-Präsenz den Astrologen entsprechende Einkünfte, die allerdings mit Absetzen der Sendung wegfielen.

Die beiden Endfünfziger befanden sich in genau dieser Abwärtsspirale und waren dankbar für das Engagement auf dem Schiff.

»Helga, du kannst weder eine Verbindung zur Vergangenheit noch zur Gegenwart herstellen!«

»Ich weiß gar nicht, wie du das Zeichen nicht erkennen kannst! Wir haben im Lösungssatz sowohl das Schiff als auch den Anker und als 5-er Karte das Kreuz als Quintessenz.«

Helga stemmte die Hände in die Hüften.

»Das deutet auf drohende Gefahr hin und jetzt ist offensichtlich jemand über Bord gegangen, sonst würde die Besatzung nicht alle Passagiere durchzählen und das Meer absuchen.«

»Ich gebe zu, wir haben offensichtlich einen Notfall hier an Bord, aber noch wissen wir nichts Genaues und meine Karten zeigten nichts Derartiges!«

Mittlerweile befand sich über die Hälfte der Passagiere an Deck oder auf den Balkonen. Auf dem Flur von Deck 4 hatten sich zahlreiche Neugierige eingefunden, um dem illustren Paar zu lauschen. Offensichtlich war das Interesse an den Vorhersagen der Kartenleger enorm und einige pflichteten Helga Bunge bei, andere wiederum schlugen sich auf die Seite von Dieter Hegner. Dieser Vorfall kam für die beiden äußerst gelegen, um sich den Gästen zu präsentieren.

Währenddessen verringerte sich draußen auf dem Ozean die Chance, die Person lebend zu bergen, von Minute zu Minute.

Die Wassertemperatur betrug 18 Grad Celsius und ein guter Schwimmer könnte sich einige Stunden an der Wasseroberfläche halten, aber einen Kopf in den Wellenbergen auszumachen, war fast aussichtslos.

14

Frieda hörte von weither eine Art Gong. Ihr Herz raste und sie fühlte den Puls in ihren Ohren rauschen. Das Pochen wurde unerträglich und es fiel ihr schwer, die Augen zu öffnen. Es dauerte einen Moment, bis sie sich zurechtfand. Sie war nass geschwitzt. Der Traum war so real gewesen, dass der Schmerz und die Angst tief saßen. Sie knipste die Nachttischlampe an und realisierte schließlich, dass jemand an ihre Kabinentür klopfte. Sie hatte das Geräusch in ihrem Unterbewusstsein wahrgenommen und war mit jeder Sekunde dankbarer, dass es sich nur um einen bösen Albtraum handelte. Das Klopfen wurde energischer. Sie stand auf, zog ihren Morgenmantel über und ging zur Tür. Die Schmerzen im rechten Fuß waren abgeklungen. Bevor sie öffnete, schaute sie durch den Spion. Draußen stand Ernesto und rief ihren Namen.

»Gott sei Dank, Sie sind da, Miss Olsen«, rief er aufgeregt.

»Ernesto, was ist geschehen?«

Sie streckte ihren Kopf an ihm vorbei und schaute hinaus auf den Flur. An den Türen der anderen Kabinen standen Crewmitglieder und kontrollierten die Bordkarten der Passagiere.

»Bitte, Miss Olsen, ich brauche Ihre Bordkarte für die Registrierung im Computer.«

Dem kleinen philippinischen Chief of Housekeeping stand die Erleichterung ins Gesicht geschrieben.

»Sagen Sie schon Ernesto, was ist passiert?«

»Wir haben angehalten. Mann über Bord. Ich habe Sorgen gemacht, weil Sie nicht geantwortet, aber jetzt alles gut.«

Er scannte ihre Bordkarte und verabschiedete sich mit den Worten:

»Wir müssen Passagiere zählen.«

Frieda kannte das Prozedere bei einem MOB-Manöver und wusste, dass die Chance, die Person zu bergen, sehr gering war. Aber auch nur der Hauch einer Chance rechtfertigte den immensen Aufwand. Mit Glück trug die Person eine Rettungsweste, das erhöhte die Chance beträchtlich. Aber wer über Bord ging, zog in den seltensten Fällen vorher eine Rettungsweste an. Häufig handelte es sich um Suizid.

Frieda schaute durch die geöffnete Terrassentür über den Balkon auf die dunkle See.

»Oder um Mord!«, murmelte sie vor sich hin. Jährlich verschwand weltweit über ein Dutzend Menschen auf Kreuzfahrtschiffen. Einige Kriminalpsychologen sprachen davon, dass Kreuzfahrtschiffe ein Eldorado für Mörder seien. Frieda hielt das für übertrieben, auch wenn ihre letzten zwei Reisen sie eines Besseren belehrt haben sollten.

Nein Frieda, hör auf! Nicht überall geschehen Morde und du ziehst das Verbrechen nicht an! Schluss, aus, basta!

Sie schaute noch einmal den Kabinenflur entlang. Die Stewards hatten alle Hände voll zu tun, die Passagiere durchzuzählen. Zurück in ihrer Suite, war an Schlaf nicht mehr zu denken. Sie musste sich zwingen, keinerlei Spekulationen über den Mann-über-Bord-Vorfall anzustellen. Das war Sache des Kapitäns und sie hatte nichts damit zu tun!

Vielmehr beschäftigte sie ihr so realer Traum. Sie fühlte sich verfolgt und bedroht. Wieso hatte sie ausgerechnet zur gleichen Zeit, als jemand über Bord ging, einen solchen Traum gehabt? Hatte sie die Geräusche um sich herum im Schlaf verarbeitet?

Vielleicht hatte sie den Notfallcode unterbewusst gehört?

So oder so, sie musste zur Ruhe kommen.

Während Frieda erneut in einen unruhigen Schlaf fiel, saßen Kapitän Krasnici und seine Führungsoffiziere im Kapitänsbüro zusammen.

»Sind Sie sicher?«, fragte er ungläubig.

»Es sieht ganz danach aus.«, antwortete Staffkapitänin Christiansen.

»Was ist auf den Aufnahmen der Deckskameras zu sehen?«

»Leider nichts Eindeutiges. Es hatten sich gerade einige Wolken vor den Mond geschoben. Mit etwas Phantasie ist ein Schatten zu erkennen. Das kann aber alles mögliche gewesen sein, am wahrscheinlichsten ist ein Kleidungsstück, das zum Trocknen über die Balkonbrüstung gelegt wurde!«

Krasnici schüttelte entnervt den Kopf.

»Wir haben die Sonnenliegen und die Sonnenstühle auf den Balkonen gezählt. Alles vollzählig!«

»Wenn wir das MRCC wegen eines vom Gast vergessenen Badelakens angefordert haben, werden die nicht begeistert sein. Aber es ist eine gute Nachricht, dass niemand vermisst wird!«

Natürlich wusste der Kapitän, dass er nicht vor einem blinden Alarm gefeit war und es in der Seenotrettung grundsätzlich hieß, lieber einen Einsatz zu viel, als einen zu wenig anzuordnen!

»Crew?«

Christiansen nickte.

»Vollzählig!«

»Dann brechen wir die Suchaktion ab. Ich benachrichtige das Rescue Center und Sie beordern die Rettungsboote zurück. Wir setzen unseren Kurs fort.«

Staffkapitänin Christiansen kam zu dem gleichen Schluss.

»Wer kümmert sich um die Zeugin, wie heißt sie?«

»Zabel, Christine Zabel«, erwiderte Christiansen. »Das übernehme ich!«

Sie würde noch einmal mit Frau Zabel sprechen. Sie musste sich den fallenden Körper eingebildet haben. Es war wichtig, im Interesse der Passagiere und der Stimmung an Bord, dass es keinerlei Zweifel am Sicherheitskonzept gab.

Am nächsten Morgen um sieben Uhr tönte die Stimme des Kapitäns aus den Lautsprechern. Er erläuterte den Passagieren die Vorkommnisse der vergangenen Nacht und beendete die Durchsage mit den Worten: »Ich bitte Sie daher um Verständnis, dass wir Sie nachts aus den Betten geholt haben, aber wir nehmen solche Meldungen sehr ernst, auch wenn es sich, wie in diesem Fall, um einen Schatten oder eine Wolke gehandelt hat.«

Der Kreuzfahrtdirektor verbreitete nach der Durchsage des Kapitäns beste Urlaubsstimmung und offerierte den Passagieren diverse Programmpunkte für den Hafentag in La Réunion.

Frieda lauschte der Durchsage vom Bett aus und konnte nicht aufstehen. Die unruhige Nacht in Verbindung mit der drückenden Luft eines bevorstehenden Gewitters, bescherten ihr einen schweren Migräneanfall. Sie ließ die Vorhänge zu. Licht war in diesem Zustand unerträglich. Sie nahm eine Triptantablette aus ihrer Reiseapotheke, leerte ein Glas Wasser und verschlief den Hafentag in La Réunion. Erst nachts, als es bereits dunkel war und die AIDAaura wieder auf dem Ozean in Richtung Madagaskar fuhr, entschied sie sich, etwas von dem Obst zu essen, das in ihrer Kabine auf dem Tisch stand.

Ernesto hatte über den Tag zweimal geklopft, um nach dem Rechten zu sehen und angeboten, den Schiffsarzt zu rufen, aber Frieda hatte ihn beruhigt. Sie benötige einfach Ruhe und Dunkelheit und würde morgen wieder fit sein.

Staffkapitänin Christiansen meldete sich telefonisch in der Kabine 6147 von Frau Zabel und bat um ein abschließendes Gespräch.

Am frühen Morgen hatte sie noch einmal die Videoaufnahmen der Stunde vor dem Alarm an der Steuerbordseite, nach etwas Auffälligem durchsucht.

Anhand anderer, nächtlicher Aufnahmen von Kleidungsstücken, die in einem gewissen Abstand vor den Kameras vorbeiflogen, ließ sich ein Muster konstruieren, das dem Schatten der Aufnahme der letzten Nacht ähnelte.

Als Sabine Christiansen an die Kabinentür von Christine Zabel klopfte, öffnete die alte Dame sichtlich aufgewühlt. Auf dem Weg zum Security-Room staunte sie über die vielen Treppen und Fahrstühle, die im Crewbereich existierten. Sie hatte keinen Gedanken daran verschwendet, warum in den Treppenhäusern und Fahrstühlen des Gästebereiches keine Crewmitglieder anzutreffen waren. Natürlich musste es eigens Crew-Treppenhäuser geben! Die Korridore waren, ganz im Gegensatz zu denen im Passagierbereich, schmucklos stählern. Da gab es keine Zierverkleidungen oder Teppichböden. Am ehesten ähnelte dieser Schiffsbereich der großen Kantine der Fabrik in Hannover, in der sie bis zu ihrer Rente Essen ausgeteilt hat.

»Wie meinen Sie das, ich habe mir das eingebildet?«, fragte Christine Zabel, als sie in der kleinen Offiziersmesse hinter der Brücke eintrafen.

»Wir haben alle Passagiere durchgezählt. Es wird niemand vermisst!«

Sie starrte die große, blonde Staffkapitänin skeptisch an.

»Ich habe mir das nicht eingebildet! Glauben Sie, ich habe es nötig, mich wichtig zu machen?«

»Davon ist überhaupt nicht die Rede, Frau Zabel. Ist das Ihre erste Schiffsreise?«

»Ja …«, bestätigte sie unsicher.

»Selbst erfahrenen Seeleuten passiert es, dass sie sich von nächtlichen Schatten und Geräuschen täuschen lassen.«

»Ich möchte nicht, dass Sie mich für hysterisch halten!«

»Im Gegenteil, Frau Zabel, wir sind dankbar, dass sie Alarm gegeben haben. Wir suchen lieber einmal zuviel als einmal zuwenig.«

»Und von der Besatzung wird auch niemand vermisst?«

»Es sind alle vollzählig!«

»Und wenn es ein blinder Passagier war?«

Sabine Christiansen kannte die immer noch weitverbreitete Annahme, dass sich auf Schiffen blinde Passagiere einschleichen konnten, aber das war heutzutage völlig ausgeschlossen.

Die modernen Kreuzfahrtpieranlagen waren Hochsicherheitsbereiche und an den Gangways und Laderampen gab es strengste Kontrollmaßnahmen.

»Es ist ausgeschlossen, dass sich jemand unautorisiert an Bord befindet!«

Christine Zabel nickte stumm. Natürlich war sie erleichtert, dass niemand zu Schaden gekommen war und letzten Endes wollte sie der erfahrenen Staffkapitänin glauben.

»Sie haben intuitiv alles richtig gemacht, Frau Zabel. Ich möchte mich, auch im Namen des Kapitäns, bedanken und habe Ihnen für heute Abend einen Tisch im Selection-Restaurant reserviert. Sie sind von AIDA-Cruises herzlich eingeladen.«

Friedas Migräneanfall kostete sie einen Urlaubstag.

Die Insel La Réunion im Indischen Ozean, die zu Frankreich gehörte, hatte sie verpasst und nun meldete sich ihr Magen mit lautem Rumoren, was ein gutes Zeichen war.

Sie hatte von dem Vorfall der letzten Nacht nur das mitbekommen, was Kapitän Krasnici in seiner Borddurchsage bekannt gegeben hatte.

Allerdings kursierten wilde Gerüchte und die Passagiere stellten haarsträubende Spekulationen an, die Frieda geflissentlich ignorierte. Letzten Endes hatte es einen falschen Alarm gegeben und das war eine gute Nachricht.

Sie saß auf der Heckterrasse des Calypso-Restaurants auf Deck 9 unter dem Sonnendach.

Wie auch am ersten Abend stellte sie fest, dass sie sich in einer Menschenmenge unwohl fühlte. Immer wieder drehte sie ihren Kopf und sah in fremde Gesichter.

Ihre Selbstdiagnose lautete Verfolgungswahn mit psychosomatischen Stresssymptomen.

Sie drehte ihren orangefarbenen Stuhl mit dem Rücken zur Glasfront, bestellte einen Cappuccino und ließ den Blick über das Heck schweifen.

Mittlerweile empfand sie die Temperatur von 31 Grad Celsius als angenehm.

Eine Frau, die Frieda am ersten Abend im Restaurant aufgefallen war, stand mit ihren kurzgeschorenen Haaren an der Reling am Heck der Terrasse und riss die Arme theatralisch hoch. Sie ahmte die Bewegung der Titanic-Hauptdarstellerin alias Rose DeWitt Bukater nach und rief laut:

»Einmal in die Fluten springen, das wäre mein Traum!«

Daraufhin drehte sie sich zu den Passagieren um, warf den Kopf in den Nacken und lachte laut.

»Einmal von Bord eines Schiffes springen!«, rief sie noch einmal.

Frieda runzelte die Stirn und beobachtete, wie die anderen Gäste auch, die Frau mit der Sportleggins und dem bauchfreien Bustier.

Dass sie, ausgerechnet nach den Ereignissen der letzten Nacht, so publikumsheischend davon sprach, über Bord springen zu wollen, empfand Frieda als pietätlos.

Die Art, in der die Frau die anderen Gäste an ihrem Wunsch beteiligte, ließ nicht auf Depression oder Frustration schließen. Es klang vielmehr nach Erlebnishunger.

Im Security-Office ging die Meldung ein, dass eine Frau auf der Terrasse des Calypso-Restaurants lauthals verkünde, über Bord springen zu wollen.

Staffkapitänin Christiansen eilte auf Deck 9, um dieses Schauspiel zu beenden. Sie bat die Frau, die sich mittels Bordkarte als Phyllis Michalek auswies, ihr zu folgen.

Es schien, als hätte sie auf einen Offizier gewartet. Dadurch bekam sie noch mehr Aufmerksamkeit. Sie wiederholte ihren Ausruf ein letztes Mal und folgte der Staffkapitänin mit zufriedenem Ausdruck im Gesicht.

Frieda schüttelte verständnislos den Kopf und beschloss, die Terrasse zu verlassen. Ihre private Suite mit dem großzügigen Balkon würde ihr auf jeden Fall mehr Entspannung bieten.

An einem Tisch an der Reling saß ein Mann, dessen Gesicht vom Schatten seiner Schirmmütze verborgen wurde. Vor ihm stand eine unberührte Tasse Kaffee.

Die alte Dame aus Kiel war mittlerweile durch Zeitung, Fernsehen und soziale Medien bekannter als mancher Politiker oder Schauspieler.

Auch hier an Bord gab es einige Gäste, die sie verstohlen musterten und sich dann in ihr Handy vertieften. Offenbar verglichen sie die Fotos im Internet mit der Frau, die bei ihnen im Restaurant saß.

Lediglich Frieda Olsens abwehrender Haltung war es zu verdanken, dass keiner der Gäste an ihren Tisch trat.

Dieser Auftrag verlangte volle Aufmerksamkeit und höchste Konzentration!

Er wartete, bis Frieda gegangen war und als er zu seiner Kaffeetasse griff, fiel ihm eine Frau auf, die Frieda Olsen folgte.

Er stürzte den kalten Kaffee mit einem Schluck hinunter – erkalteter Kaffee war, seiner Ansicht nach, die einzig richtige Art, ihn zu trinken und folgte den Frauen.

Jetzt waren es schon zwei!

15

PEENEMÜNDE-WEST, VERSUCHSSTELLE DER LUFTWAFFE KARLSHAGEN, 1945

Die Luger seines Onkel hatte eine Ladehemmung. Sie klickte nur einmal kläglich und in dem Gesicht von Oberstabsfeldwebel Rint breitete sich ein Grinsen aus.

Er lachte den 14-jährigen Hermann aus, zog seine Waffe, trat drei Schritte auf den Jungen zu und presste die kalte Mündung direkt an seine Stirn.

Augenblicklich schnellte Hermanns Puls nach oben, er spürte sein Herz pochen und ein Rauschen in seinen Ohren. Nackte Angst lähmte seinen Körper. Er stellte sich vor, wie eine Kugel seinen Kopf zerfetzen und hinten wieder austreten würde.

»So geht das, Bürschchen!«, rief Rint wütend.

»Du bist also ein Judenfreund! Oder sympathisierst du etwa mit dem Iwan?«

Er sah Hermann direkt in die Augen.

»Normalerweise würde ich dich zu dem Dreckspack ins Lager werfen, aber da die sowieso alle sterben, kannst du ja schon mal mit gutem Beispiel vorangehen.«

Ein Schuss durchbrach die Stille des Morgens.

16

HEUTE - INDISCHER OZEAN - KURS MADAGASKAR

Frieda suchte sich eine ruhige Ecke in der Hemingway-Lounge.

Unter normalen Umständen hätte sie sich auf ihre private Terrasse zum Lesen zurückgezogen. Jetzt aber zwang sie sich, unter Menschen zu gehen.

Sie musste sich ihren Ängsten stellen!

Die Lounge, die nach dem berühmten Literaturnobelpreisträger benannt war, belegte sofort Rang eins ihrer Liste von Lieblingsplätzen auf allen ihr bekannten AIDA-Schiffen. Der Kolonialstil aus dem viktorianischen Zeitalter setzte sich auf der Terrasse fort. Dies war der ideale Ort, um zur Ruhe zu kommen und in ihrem Kindle zu schmökern.

Die Stimmung war ruhig und entspannt und der Blick über den Ozean tat das Übrige dazu.

In einem der bequemen Sessel nahm ihr gegenüber eine Frau Platz, die sich sehr viel Mühe gab, sie nicht anzustarren.

Wahrscheinlich jemand, der sie erkannte. Frieda versuchte, die Frau zu ignorieren, was ihr nicht wirklich gelang. Kein Wunder, dass sie sich permanent beobachtet fühlte, wenn es so viele Menschen gab, die sie mehr oder minder unverhohlen anstarrten.

»Kann ich Ihnen helfen?«, entschloss sich Frieda, in die Offensive zu gehen.

Sie hatte die Erfahrung gemacht, dass eine direkte Ansprache die Leute in die Schranken wies, ohne übermäßig unfreundlich zu wirken.

»Sie sind Frau Olsen, nicht wahr?«, fragte die Frau schüchtern.

Frieda nickte.

»Ich heiße Christine Zabel, verzeihen Sie, dass ich Sie anspreche. Sie wollen sicher Ihre Ruhe haben?«

Die Hemingway-Lounge war ähnlich einer kleinen Privatbibliothek eingerichtet und unwillkürlich sprach die Frau mit gedämpfter Stimme.

Frieda sah sie an, nickte freundlich und wandte sich wieder ihrem Kindle zu.

Die Frau schwieg und sah aus den großen, bodentiefen Fenstern.

Außer ihnen war die Lounge leer. Einzig draußen auf der Terrasse hatten sich ein paar Gäste niedergelassen.

Frau Zabel sah zwar nicht mehr zu ihr herüber, aber Frieda hatte dennoch das Gefühl, von ihr gemustert zu werden. So konnte sie auf keinen Fall entspannt lesen. Noch bevor sie sich erhob, um in ihre Suite zu gehen, wandte sich Frau Zabel erneut an sie. Diesmal noch leiser, fast verschwörerisch.

»Meinetwegen hat das Schiff gestern Nacht Stopp gemacht und nach einer Person im Wasser gesucht.«

Frieda hielt überrascht inne und musterte nun ihrerseits Frau Zabel, ohne etwas zu sagen. Sie spürte, dass die Frau einfach erzählen wollte und Fragen ihre Gedanken nur stören würden.

Christine Zabel sah weiterhin aus dem Fenster, während sie leise fortfuhr:

»Ich habe ganz eindeutig einen Menschen ins Wasser fallen und untergehen sehen. Das war keine Sonnenliege oder ein Kleidungsstück, wie es mir die Staffkapitänin einreden will.«

Frieda hatte nicht gewusst, dass der zweite Mann an Bord eine Frau war. Von dem Einzug des weiblichen Geschlechts in die Männerdomäne der Seefahrt hatte sie bereits wohlwollend gehört.

»Soweit ich weiß, fehlt niemand an Bord!«, sagte Frieda bedächtig. Sie konnte nicht einordnen, wohin dieses Gespräch führen würde, aber auf jeden Fall bedeutete es eine willkommene Abwechslung.

»Ein blinder Passagier?«, erwiderte Frau Zabel zögerlich.

Frieda schüttelte langsam den Kopf.

»Heutzutage ist es unwahrscheinlich, dass ein blinder Passagier an Bord kommt. Sie haben die Sicherheitsvorkehrungen doch selbst erlebt!«

Christine Zabel nickte.

»Vielleicht hat die Crew jemanden beim Verladen der Vorräte an Bord geschmuggelt?«

Frieda runzelte die Stirn und strich sich eine Haarsträhne aus dem Gesicht.

»Möglich, aber so jemand würde sich in den unteren Decks verstecken und nicht von einem Balkon der Gästekabinen fallen.«

Frau Zabel gestand sich ein, dass Friedas Argument einleuchtend klang.

»Aber wer ist dann über Bord gegangen?«

»Wissen Sie, mein Sohn ist Kapitän auf der AIDAbella und aus eigener Erfahrung kann ich sagen, dass diese Schiffe sehr, sehr professionell geführt werden. Ich vertraue dem Kapitän und der Staffkapitänin blind und rate Ihnen, dies auch zu tun.«

»Sie denken, ich habe mir das nur eingebildet?«

»Eingebildet trifft es nicht, ich denke vielmehr, Sie sind einer optischen Täuschung aufgesessen.«

Die Augen von Christine Zabel verloren etwas an Glanz und ihre Schultern sackten sichtlich herunter.

»Wissen Sie, Frau Olsen, ich bin eine einfache Rentnerin, aber dennoch klar bei Verstand und ich benötige trotz meines hohen Alters keine Brille.«

Jetzt richtete sie sich wieder auf und strahlte eine Bodenständigkeit aus, die Frieda berührte.

»Ich bin keine Anhängerin irgendwelcher spiritueller Erscheinungen und weiß, was ich gesehen habe!«

Frieda nickte verständnisvoll und beide saßen eine Weile in den Sesseln der Hemingway-Lounge und blickten hinaus auf den azurblauen Ozean.

»Ich bin mir sicher, dass jemand gestorben ist, aber beweisen kann ich es nicht!«, verkündete Frau Zabel schließlich und verließ die Lounge über den Terrassenzugang.

Frieda sah ihr nach, bis sie aus ihrem Blickfeld verschwunden war.

Im Schatten der Hemingway-Terrasse versteckte sich ein Mann.

Er würde die Augen offen halten. Auf einem Schiff wie diesem gab es zahlreiche Möglichkeiten. Er würde im richtigen Moment zur Stelle sein.

17

Kapitän Krasnici hielt die AIDAaura auf nordwestlichem Kurs, während die Abenddämmerung über dem Indischen Ozean hereinbrach. Sie würden in den Morgenstunden den Hafen von Antsiranana im Norden Madagaskars anlaufen.

Frieda stand an der Reling des Markt-Restaurants und ließ den Sonnenuntergang auf sich wirken. Der glutrote Ball versank am Horizont und bei der abendlichen Hitze erwartete sie fast, ein Zischen und Dampfen zu hören, wenn der Sonnenball auf das Wasser traf. Die rasante Geschwindigkeit, mit der die Dunkelheit hereinbrach, versetzte sie immer wieder in Erstaunen.

Die Beleuchtung verströmte eine behagliche Atmosphäre. Sie hatte sich für das Buffetrestaurant entschieden, um den Abend auf der Terrasse zu genießen.

Genießerisch nippte sie an einem Glas kühlen, französischen Rosé, als neben ihr am Tisch der ältere Herr Platz nahm, den sie bereits am ersten Abend im Selection-Restaurant gesehen hatte.

Seine vorsichtigen, zittrigen Bewegungen ließen sein hohes Alter erahnen. Er winkte einem Kellner und wirkte überrascht, dass er sich in einem Buffetrestaurant mit Selbstbedienung befand.

Die Aufgabe des Philippino bestand im Abräumen der Tische und seine Sprachkenntnisse waren nur dürftig.

Frieda eilte zu Hilfe und bot dem Herrn an, ihm etwas mitzubringen.

»Seitz, Hermann Seitz!«, stellte er sich vor, erhob sich aus seinem Stuhl und senkte den Kopf in einer Geste, die Frieda sofort die alte Schule bewies.

»Sie würden einem betagten Mann sehr behilflich sein«, erwiderte er eloquent in geschliffenem Hochdeutsch.

In diesem Moment wurde ihre Unterhaltung von dem Streit eines Paares am Nachbartisch gestört. Die krebskranke Frau und ihr Mann lieferten sich lautstark ein Wortgefecht.

»Ich kann es nicht mehr hören, jedesmal dasselbe!«, rief der Mann und schlug mit der flachen Hand auf den Tisch.

Frieda sah die Frau zusammenzucken und ihren Mann wütend anstarren. Sie griff nach dem Glas Wasser, das vor ihr stand und leerte den Inhalt in sein Gesicht.

Verblüfft schüttelte er das Wasser wie ein nasser Hund ab und hob warnend den Zeigefinger.

»Du hast sie doch nicht mehr alle! Warum verschwindest du nicht aus meinem Leben?«, brüllte er.

Mittlerweile waren einige der philippinischen Kellner herbeigeeilt, doch niemand traute sich, einzugreifen.

»Keine Sorge, es dauert nicht mehr lang, bis der Krebs dir deinen Wunsch erfüllt!«

Die Stimme der Frau war unvermutet kräftig. Sie fegte mit einer Handbewegung die Gläser und die Besteckmenagerie vom Tisch.

»Für uns alle wäre es das Beste, wenn du einfach stirbst!«

Die Frau erstarrte bei diesen Worten und knickte regelrecht ein. Sie hielt die Hände vors Gesicht und schluchzte laut. Mit einer fahrigen Bewegung setzte sie ihre Sonnenbrille auf, stand mühsam auf und verließ das Restaurant. Frieda versuchte vergebens, einen Blickkontakt herzustellen.

Auf der Terrasse des Markt-Restaurants war es mucksmäuschenstill. Niemand sagte ein Wort, alle schauten betreten und entsetzt drein.

Kurz vor der Terrassentür drehte sich die Frau noch einmal um.

»Ich falle dir nicht länger zur Last, keine Sorge!« Damit ging sie durch die Glasschiebetür und verschwand.

Alle Blicke waren auf den zurückgebliebenen Ehemann gerichtet, der sich aufgebracht umsah.

»Mir ist der Appetit vergangen!«, rief er und lief hinaus.

Während die Kellner die Scherben beseitigten und den Tisch neu eindeckten, setzte ein fassungsloses Getuschel unter den Gästen ein.

Das Mitleid war eindeutig auf der Seite der krebskranken Frau und Frieda hörte, wie sich einige der Passagiere über den Mann echauffierten.

Völlig perplex von diesem Ehekrach wandte sie sich wieder an Hermann Seitz, der nur mit den Schultern zuckte und eine abfällige Bemerkung über die Frau murmelte. »Das war doch kein echter Ehekrach. Die haben doch Spaß am Streiten!«

Frieda riss die Augen auf. Solch fehlende Empathie hatte sie dem alten Herrn nicht zugetraut, insbesondere wegen seiner bisher tadellosen Manieren.

Sie ging zum Buffet und stellte das von ihm gewünschte Glas Wein auf seinen Tisch. Dann rückte sie ihren Stuhl etwas ab, um deutlich zu machen, dass sie an einer Fortsetzung des Gespräches nicht interessiert war.

Frieda war erschüttert über die Kälte und Respektlosigkeit der von den Eheleuten geäußerten Worte. So eine Ehe zu führen, entzog sich ihrer Vorstellungskraft und war zum Glück weder ihr noch Jörgs Niveau gewesen! Natürlich hatten auch sie Differenzen gehabt, aber niemals war ein Streit in die Äußerung von Gehässigkeiten ausgeartet.

Die laue Nacht, der klare Sternenhimmel und die sanfte Dünung, durch die der Bug der AIDAaura rauschte, ließen den Vorfall in den Hintergrund treten und Frieda vertiefte sich in ihren Kindle.

Um halb elf saß sie immer noch auf der Terrasse. Sie fühlte sich vollkommen entspannt und wollte diesen Zustand der Sorglosigkeit nicht durch einen Platzwechsel gefährden.

Endlich gestand ihr Geist ihr die lang ersehnte Entspannung und Ruhe zu. Am anderen Ende der Terrasse erkannte sie Frau Zabel, die ihr kurz zunickte. Plötzlich ließ eine aufkommende Brise Frieda frösteln. Sie hatte sich seit Stunden nicht bewegt. In dieses Frösteln mischte sich ein anderes Gefühl. Eine diffuse Angst ließ sie sich hektisch umsehen.

Außer ihr war nur noch ein halbes Dutzend Gäste anwesend und als Frieda im Schatten eines zusammengeklappten Sonnenschirms eine Person weggehen sah, erschrak sie so heftig, dass ihr Puls sofort in die Höhe schnellte und sie eine Gänsehaut bekam.

Kein Zweifel, diese Person hatte sie beobachtet!

Sie würde den Kapitän darüber informieren! Aber was sollte sie ihm sagen? Dass sie das Gefühl habe, verfolgt zu werden? Und das schon seit dem Einbruch in ihre Wohnung?

Er würde genau das denken, was auch sie bis jetzt vermutet hatte. Sie sei traumatisiert und leide unter Panikattacken und Verfolgungswahn. Und konnte sie es dem Kapitän verdenken? Nein, aber irgendetwas stimmte hier nicht!

Morgen Früh würde sie mit der Staffkapitänin reden. Vielleicht war eine Frau offener für ihre Ängste?

Frieda verließ die Terrasse und machte sich auf den Weg zu ihrer Kabine.

Sie nahm wie immer die Treppe und bog in den Steuerbordflur auf Deck 7 ein.

Mehrfach sah sich um und das Gefühl, verfolgt zu werden, war die ganze Zeit präsent.

Sie beschleunigte ihren Schritt und vernahm plötzlich hinter sich ein Geräusch.

Als sie sich erschrocken umwandte, erblickte sie einen Schatten in einer geöffneten Kabinentür. Schließlich trat der Mann der krebskranken Frau in den Flur. Er ging grinsend an ihr vorbei und grüßte mit einem kurzen »N'Abend«, bevor er die Bugkabine neben ihrer betrat. Sie waren Nachbarn! Frieda nahm sich vor, das Gespräch mit seiner Frau zu suchen. Sie hoffte, ihr etwas Zuspruch geben zu können. Ein paar Augenblicke stand sie abwartend vor ihrer Kabinentür und erst, als sie sicher war, dass niemand in der Nähe befand, schloss sie auf und betrat ihre Suite. Dann lehnte sie sich erleichtert mit dem Rücken gegen die Tür.

Geschafft!

Im Flur auf Deck 7, am Zugang zum Treppenhaus auf der Backbordseite, trat der Mann aus einer Ecke heraus, ging fünf Schritte zur gegenüberliegenden Wand und entfernte mit einem leisen Plopp einen kleinen Spiegel, anhand dessen er die alte Dame beobachtet hatte.

Er notierte die Zeit des Betretens der Suite.

Obwohl sein Interesse einzig Frieda Olsen galt, waren ihm Ungereimtheiten aufgefallen. Es war nicht greifbar, aber irgendetwas stimmte nicht.

Sie würde in Antsiranana das Schiff verlassen und sich in dieser Stadt selbstständig auf Entdeckungstour begeben. Es würde eine Gelegenheit geben. Er würde warten und beobachten. Das war sein Auftrag. Sein Auftraggeber zahlte gut und er würde gute Arbeit liefern!

18

HEUTE - ANTSIRANANA, MADAGASKAR

Als am frühen Morgen die schwache Silhouette Madagaskars am Horizont auftauchte, war er sicher, dass die Leiche nicht mehr gefunden werden würde.

Bisher verlief die ganze Aktion nach Plan. Das Töten war wesentlich einfacher gewesen, als er es sich vorgestellt hatte.

Plötzlich erschrak er. Er hatte nach dem Mord eine Euphorie und ein ungekanntes Machtgefühl erlebt, die nach Wiederholung gierten. Konnte sich Morden zu einer Sucht entwickeln? Würde er zum Serienmörder werden?

Er zwang sich zu anderen Gedanken. Schließlich hatte er nicht aus Mordlust getötet, sondern lediglich, um sein Leben zu leben. Und genau genommen war er gar kein richtiger Mörder.

Frieda verbrachte den Morgen auf der Terrasse ihrer Suite. Ernesto hatte aufgeschnittene Melone und frisch gepressten Orangensaft serviert.

Die riesige Bucht von Antsiranana war eine der schönsten auf der ganzen Welt.

Nur vor Rio de Janeiro in Brasilien gab es eine größere, natürliche Bucht.

Der Anblick faszinierte Frieda und unwillkürlich fragte sie sich, ob die vielen kleineren Buchten mit schneeweißen Sandstränden und türkisblauem Wasser als Motiv für die ideale Strandpostkarte gedient hatten.

Die AIDAaura passierte an Steuerbord den Leuchtturm zur Einfahrt und erst dann überblickte Frieda das ganze Ausmaß dieses Meeresbeckens.

Es war 9 Uhr morgens, die Sonne stand schon hoch am Himmel und die Temperatur betrug bereits 25 Grad.

Frieda entschied sich, für ihren Landgang ein leichtes, langärmeliges Leinenkleid und einen Sonnenhut zu tragen, um ihre Haut zu schützen und einem Sonnenstich vorzubeugen.

In der Ferne tauchte der Zuckerhut auf, der an seinen Namensvetter in Rio erinnerte. Mitten in der Bucht erhob sich, wie ein kleiner Vulkan, das Wahrzeichen der Stadt, die bis 1960 unter französischer Kolonialverwaltung stand.

Seinerzeit trug die Stadt den Namen Diego Suarez, nach ihrem portugiesischen Entdecker aus dem Jahre 1543.

Als der Kapitän die AIDAaura vor dem Pier über Backbord längsseits drehte, bot sich Frieda ein Panoramablick über die Stadt und sie fühlte sich, dank der gut erhaltenen Kolonialbauten aus dem 19. Jahrhundert, in diese Zeit versetzt.

Erst bei näherer Betrachtung fiel ihr der nicht aufzuhaltende Verfall auf.

Gegen 11 Uhr gab Kapitän Krasnici den Landgang frei. Frieda stand steuerbordseitig auf dem Panoramadeck 6 und wartete auf den Strom von Passagieren, die wie Ameisen die Gangway hinuntereilen würden.

Am Pier standen bereits unzählige gelbe Tuk-Tuks und Taxis bereit, um die ausflugwütigen Touristen aufzunehmen. Kreuzfahrttouristen waren beliebte Fahrgäste. Behütet im Kokon des großen Schiffes reisten sie von Hafen zu Hafen und waren im Gegensatz zu den Pauschaltouristen eher bereit, den geforderten Preis zu zahlen. Gerade auf den Rücktouren zum Pier konnte ein guter Tuk-Tuk-Fahrer einen horrenden Preis verlangen, da die Gäste immer besorgt waren, zu spät zum Einschiffen zu kommen.

Noch war niemand zu sehen, aber Frieda wusste, dass auf Deck 3 eine Traube von Menschen darauf wartete, von Bord gehen zu dürfen. Sobald die madegassischen Behörden das Schiff freigaben, konnte der Landgang starten.

Jeder wollte der Erste sein. Am Cruise-Pier warteten einige Busse für die geführten Ausflüge. Da Frieda ihre Landgänge grundsätzlich auf eigene Faust organisierte, ließ sie den anderen Gästen den Vortritt.

Sich in eine Warteschlange einzureihen, entsprach nicht ihrer Vorstellung eines entspannten Urlaubstages.

Als die Gangway herangeschoben und für die Passagiere geöffnet wurde, sah Frieda die krebskranke Frau als Erste die Gangway hinuntergehen. An ihrer zierlichen Gestalt und dem Kopftuch, das die Folgen der Chemotherapie verdeckte, war sie deutlich zu erkennen.

Frieda suchte nach dem Ehemann, aber die Frau verließ das Schiff allein und steuerte geradewegs auf eines der gelben R4-Taxis zu. Die alten Renaults prägten das Stadtbild und schienen aus der Zeit der französischen Kolonialherrschaft zu stammen.

Frieda sah verträumt auf die quietschgelbe R4-Flotte, die ohne Ausnahme von etlichen Blechschäden gezeichnet war. Sie hatte als Auszubildende in den frühen 70ern einen weißen R4 mit der typischen Revolverschaltung besessen und dachte mit Wehmut daran zurück. Sie hatte sich frei und unsterblich gefühlt. Eigentlich war ihre heutige Situation ähnlich, sie war frei und konnte ihr Leben selbst gestalten, allerdings mit dem Unterschied, dass sich das Gefühl der Unsterblichkeit nicht mehr einstellen wollte.

Stattdessen genoss sie die Erfahrung und Gelassenheit des Alters.

Frieda beobachtete, dass die Frau stehen blieb und zu zögern schien. Wartete sie auf ihren Mann oder überlegte sie, ob sie wirklich allein die fremde Stadt erkunden sollte?

Auch wenn Frieda keine Kenntnis von dem tatsächlichen Gesundheitszustand der Frau hatte, musste ein Ausflug bei diesen Temperaturen eine enorme Anstrengung für sie bedeuten.

Mittlerweile bevölkerten hunderte Passagiere den Pier und die Taxi- und Tuk-Tukfahrer handelten lautstark die Preise mit ihren Fahrgästen aus.

Plötzlich lief der Ehemann laut rufend und gestikulierend die Gangway hinunter und während die ersten Gäste die Busse und Taxis bestiegen, wurden sie Zeugen eines erneuten Streits zwischen den Eheleuten. Von hier oben konnte Frieda zwar nicht hören, was gesagt wurde, allerdings war die Körpersprache eindeutig und schließlich ließ die Frau ihren Mann stehen und bestieg eines der Taxis.

Der Mann drehte sich abrupt um und stapfte die Gangway wieder hoch.

Der Strom an Gästen schien gar nicht aufzuhören und irgendwann erschien eine kleine Gruppe junger Leute, die Frieda bereits an Bord aufgefallen war. Eine blonde, schlanke Frau von höchstens 25 Jahren stolzierte mit einem Longdrink in der Hand vor der Gangway auf und ab und posierte für zwei Männer, die mit Kameras und Mikrofonen ausgestattet waren.

Offensichtlich machten sie Werbeaufnahmen. Die Gruppe verschwand unter großem Aufsehen in einem der gelben R4 und jetzt machte auch Frieda sich auf den Weg zur Gangway auf Deck 3. Nicht jedoch, ohne sich zuvor mit Insektenspray einzureiben, welches jeder Passagier zur Verfügung gestellt bekommen hatte. Die Gäste waren eindringlich vor Flöhen gewarnt worden.

Der erste Schritt an Land rief bei Frieda immer ein Gefühl von Dankbarkeit hervor. Sie war bereit, sich auf die fremde Stadt und deren Bewohner einzulassen.

Am Morgen hatte sie Bewegungsübungen mit ihrem rechten Fuß gemacht und erleichtert festgestellt, dass der Schmerz fast verschwunden war.

Als die Taxi- und Tuk-Tukfahrer sie sahen, stürmten sie zu ihr und ein jeder beteuerte, dass er das beste und billigste Taxi auf ganz Madagaskar steuere.

Frieda kannte die für Nordeuropäer als aufdringlich empfundene Art der Taxifahrer und Händler und vermied jeglichen Blickkontakt.

Sie suchte sich ganz bewusst einen Fahrer aus, der sich zurückhaltend verhielt. Das kleine, verbeulte Tuk-Tuk sah so wenig vertrauenserweckend wie die anderen aus und wäre nach deutschen TÜV-Maßstäben längst aus dem Verkehr gezogen worden.

Madagaskar war geprägt von der Nähe und Zugehörigkeit zum afrikanischen Kontinent und in den Reiseführern wurden die prächtigen Bauten und breiten Alleen im Kolonialstil angepriesen. Allerdings wurde nicht erwähnt, dass dies auf dem Rücken und der Ausbeutung der einheimischen Bevölkerung basierte. Rassismus war damals kein Thema gewesen und auch wenn die Architektur dieser Zeit eine Sehenswürdigkeit darstellte, war Frieda der Ansicht, dass dieses Leid nicht in Vergessenheit geraten durfte.

Während sie mit dem jungen Madegassen verhandelte, sah sie aus den Augenwinkeln Christine Zabel zu Fuß in die nahegelegene Innenstadt aufbrechen.

Spontan entschied Frieda, ebenfalls den Stadtbereich per pedes zu erkunden. Sollte der Schmerz in ihrem Fuß zurückkehren, konnte sie immer noch ein Taxi nehmen. Sie folgte Frau Zabel, der sie die Erkundung einer fremden Stadt auf eigene Faust nicht zugetraut hatte.

Obwohl Antsiranana den Ruf genoss, für Touristen sicher zu sein, bedeutete das Eintauchen in diese fremde Stadt mit 80000 Einwohnern auch ein Wagnis, insbesondere für eine ältere Dame.

Als Frau Zabel beim Überqueren einer Straße Frieda erblickte, winkten sie sich grüßend zu, setzten ihren Weg aber jede für sich fort.

Ein Mann, der sich bereits in ein Taxi gesetzt hatte, stieg wieder aus und folgte den Frauen in einigem Abstand.

19

Blut, jede Menge Blut. Es sprudelt regelrecht hervor. Oh Gott, er ertrinkt an seinem eigenen Blut!«

Gabriele Döpper schrie, riss die Arme in die Höhe und sank dann zitternd und kreidebleich in sich zusammen. Ihr Schluchzen erschütterte die in der Bar versammelten Kursteilnehmer. Eine der Frauen kniete sich nieder und nahm sie in den Arm.

Gabriele Döpper zitterte unkontrolliert und ihr Körper war von einer Gänsehaut überzogen.

Helga Bunge und Dieter Hegner zeigten sich vollkommen überrascht von dieser Reaktion. Sie hatten die Grundzüge der 9er-Legung erklärt und die Teilnehmer waren dabei, mit einem eigenen Kartenset ein umgedrehtes, klassisches 3 x 3 Kartenquadrat zu legen, als Gabriele Döpper plötzlich aufschrie.

Trotz des Hafentages nahmen um 13.00 Uhr knapp zwei Dutzend Gäste, hauptsächlich Frauen, an dem Workshop in der Nightfly-Bar auf Deck 9 teil.

Astrologie war ein sehr beliebtes Thema auf Kreuzfahrtschiffen und im ersten Kurs des Astro-Duos sollte es um die Grundlagen der Tarotkarten gehen.

Dieter Hegner hatte sich seiner Kollegin gefügt und für diesen Kurs die schlanken Lenormand-Karten hervorgeholt.

Für Anfänger und Einsteiger war dieses einfache Kartenset am besten geeignet.

Die Tische und Stühle standen wie in einer Schulklasse angeordnet.

Die beiden Astrologen saßen an einem Tisch vor den großen Fenstern mit den Halbbögen, die eher an eine herrschaftliche Villa als an ein Kreuzfahrtschiff erinnerten.

Im Workshoppreis enthalten waren ein Set Lenormand-Tarotkarten sowie eine Legung für jeden Teilnehmer.

Die Astrologie umfasste ein weites Feld und einige der Workshopteilnehmerinnen riefen erschrocken, dass Gabriele Döpper sicher Kontakt mit den Toten gehabt habe.

Helga Bunge rief die Rezeption an und drei Minuten später traf ein Notfallteam des Bordhospitals ein.

Frau Döpper stand unter Schock und wurde auf einer Trage ins Hospital gebracht. Die Aufregung unter den Teilnehmern legte sich dadurch nicht.

»Sie hat die Welt der Toten gesehen!«, sagten einige, andere waren überzeugt, sie hätte die Zukunft vorausgesehen. Eine Kursteilnehmerin behauptete, das Schiff sei verflucht.

Helga und Dieter beruhigten die Teilnehmerinnen und verkündeten schließlich, dass, unter Berücksichtigung dieser speziellen Situation, der Workshop an einem anderen Tag fortgesetzt würde.

Nachdem alle die Bar verlassen hatten, kam Staffkapitänin Christiansen und setzte sich zu Helga Bunge und Dieter Hegner. Sie ließ das Astrologenpaar über den Vorfall berichten und hörte konzentriert zu. Ihr unterstand die Sicherheit an Bord und sie nahm alle Vorfälle gleichermaßen ernst.

Sabine Christiansen stand Horoskopen und Esoterik skeptisch gegenüber, wusste aber von vielen anderen Reisen, dass die an Bord angebotenen Astrologiekurse gut besucht wurden und viele Gäste fest an den Einfluss der Sterne auf ihr Leben glaubten und sogar ihre Entscheidungen dem Tageshoroskop unterordneten.

»Was ist Ihrer Meinung nach geschehen?«, fragte sie die beiden.

Helga Bunge, die ein leichtes Sommerkleid mit Tierkreiszeichenmotiv trug, das ihre ausladende Figur gut kaschierte, zuckte mit den Schultern und sah ihren Kollegen an.

»Sie muss sich in irgendetwas hineingesteigert haben!«, antwortete Hegner, dessen Halbglatze vor Schweiß glänzte. »Viele Menschen sind der Astrologie sehr zugewandt. Wir wissen ja nichts über diese Frau. Sie kann gerade private Schwierigkeiten durchmachen, jemanden verloren oder eine andere Art von Trauma haben.«

Christiansen blickte das Paar mit zusammengekniffenen Augen an.

»Passiert so etwas häufiger bei Ihren Workshops?«, fragte sie argwöhnisch.

Beide schüttelten den Kopf.

»Wo denken Sie hin? Wir vermitteln in solchen Workshops die Grundlagen des Tarots. Das ist im Grunde genommen nichts anderes als das Tageshoroskop in der Zeitung.«

»Ich benötige von Ihnen eine schriftliche Stellungnahme!«

»Schriftliche Stellungnahme?«

Christiansen wiegelte ab.

»Das hat lediglich einen versicherungstechnischen Hintergrund. Die Versorgung im Hospital wird über die Krankenkasse abgerechnet und dafür benötigen wir ein Protokoll. Vielen Dank für Ihre umsichtigen Maßnahmen, ich hoffe, die Fortsetzung des Kurses kann bald stattfinden! Ich werde mit Frau Döpper reden, sobald es ihr besser geht.«

Bevor sie die Nighfly-Bar verließ, drehte sie sich noch einmal um.

»Was genau hat Frau Döpper gesagt?«

Helga Bunge überlegte kurz.

»Ich glaube, es war ‚*er ertrinkt an seinem eigenen Blut*'!«

Christiansen nickte ernst und öffnete mit ihrer Karte eine Tür, die in den Crewtrakt führte.

Um die beiden herum hatte sich bereits eine Traube von Interessierten und Schaulustigen gebildet. Die beiden Astrologen genossen es sichtlich, im Mittelpunkt zu stehen, außerdem war es gut fürs Geschäft.

Helga Bunge und Dieter Hegner sahen sich versteckt grinsend an.

»Wir sollten diese Vision ernst nehmen!«, verkündete Hegner laut genug, damit jeder es hören konnte. »Aber noch wissen wir einfach zu wenig darüber!«

»Da sprichst du mir aus der Seele!«, pflichtete ihm seine Kollegin bei.

Es verging keine Minute, bis die erste Passagierin die beiden Astrologen nach einer Einzelsitzung fragte.

Im Bordhospital bekam Gabriele Döpper ein Beruhigungsmittel und schlief erschöpft ein.

Sie träumte von einem Hotelzimmer, in dem sich gemächlich und träge ein verchromter Deckenventilator drehte. Als die Rotorblätter langsamer wurden und schließlich zum Stillstand kamen, sah sie in der Spiegelung eines der Rotorblätter einen blutüberströmten Sessel.

Sie wachte mit einem rasenden Pochen in der Brust auf und schluchzte vor Entsetzen. Das hatte sie nicht gewollt!

20

Jemand verfolgte sie. Jetzt war sie sicher. Das war keine Einbildung. Frieda packte die Angst.

Mitten in der belebten Innenstadt von Antsiranana war er ihr aufgefallen.

Die Begegnungen waren zu häufig, als dass es sich um Zufall handeln konnte und als sie sich in ein Café setzte, sah sie ihn wieder.

Sein Gesicht war nicht zu erkennen, zu tief ragte der Schirm seines Käppis. Es war das Schattengesicht aus ihren Albträumen. Ein Gesicht, in dem sie keinerlei Regung erkennen konnte, bis auf das eine Mal im Traum, als er sie über Bord geworfen hatte. Kurz hatte sie ein Grinsen gesehen, aber so sehr sie sich auch bemühte, konnte sie kein Bild heraufbeschwören. Es fiel ihr ohnehin schwer, sich an Details aus Träumen zu erinnern.

Frieda verließ das Café, ohne ihre Bestellung abzuwarten und winkte einem Tuk-Tuk.

»Just Sightseeing through the town!«, informierte sie den Fahrer und nahm auf dem Rücksitz Platz.

»Nice to meet you! My name is Pierre.«, sagte der junge Fahrer und freute sich, dass die weiße Lady ohne Preisverhandlung eingestiegen war. Das bedeutete eine lohnende Fahrt!

Das knatternde, dreirädrige Gefährt sprang wie eine bockige Ziege los, fädelte sich im lärmenden Straßenverkehr ein und holperte über den Boulevard de la Liberté, um in den Tropical Garden einzubiegen. Als der Fahrer anhielt, um Frieda auf den tropischen Garten hinzuweisen, wies sie ihn an, keinen Stopp einzulegen. Sie drehte sich unablässig um und versuchte, ihren Verfolger ausfindig zu machen.

Allerdings war so ziemlich jedes Gefährt hinter ihr gelb und es war unmöglich, die Fahrgäste zu erkennen.

Friedas Tuk-Tuk bog rechts in die Rue de L'abattoir ein, die wie eine Strandpromenade um die kleine Bucht herumführte. Auf der einen Seite befand sich das Meer und auf der anderen standen einige imposante Kolonialbauten auf einem parkähnlichen Gelände. Hier bot sich ein vollkommen anderer Anblick als im Hafen des Kreuzfahrtterminals. Im türkisblauen Wasser tummelten sich Segel- und Sportboote und vereinzelt erblickte Frieda Windsurfer in der Brandung.

Pierre pries die Schönheiten seiner Stadt in blumigen Worten an, doch Frieda hatte kein Ohr für ihn. Ständig lenkte sie ihren Blick nach hinten. Vergeblich versuchte sie, ihren Verfolger zu entdecken.

Irgendwann bog das Dreirad rechts ab und folgte einem Wirrwarr aus kleinen, staubigen Straßen und unzähligen Häusern, von denen einige die nächsten Jahre nicht überdauern würden. Frieda hatte die Orientierung längst verloren. Immer wieder schaute sie sich um und dann winkte Pierre aufgeregt, um sie auf die Kathedrale von Antsiranana aufmerksam zu machen. Das Gebäude war nicht so imposant, wie Frieda es von anderen Kathedralen kannte, aber sie hatte ohnehin kein Auge für die Sehenswürdigkeiten. Je weniger Interesse sie zeigte, desto lauter und überschwänglicher pries Pierre seine Stadt an.

Das gelbe Dreirad bog rechts in die Rue Notre Dame ein. Frieda sah im Vorbeifahren das Straßenschild. Es war befremdlich, hier in Afrika solch europäische Straßennamen zu lesen.

Der Umstand, dass sie in dem Wirrwarr keinen Verfolger ausmachen konnte, ließ sie an ihrem Verstand zweifeln.

Sie musste Gewissheit haben und ließ den Fahrer unvermittelt anhalten.

»Stopp right here!«

»Ah, very good, this is the Antsiranana Grand Hotel!«, rief Pierre erfreut aus.

Frieda konzentrierte sich lediglich darauf, zu beobachten, welches der Taxis oder Tuk-Tuks ebenfalls stoppen würde.

»This ist the best swimming Pool in Madagaskar!«, bemühte Pierre sich unverdrossen, seine Guidefunktion zu erfüllen.

Frieda beachtete ihn nicht.

Wenn ein Schiff wie die AIDAaura im Hafen festmachte, dann saßen in jedem zweiten Tuk-Tuk Passagiere des Schiffes. Sie sah ausnahmslos unbekannte Gesichter, aber sie befanden sich ja auch erst seit drei Tagen an Bord, von denen sie einen in ihrer Kabine verbracht hatte.

Im Grunde genommen existierten nur zwei Möglichkeiten. Entweder hatte sie ihren Verfolger abgeschüttelt oder sie litt tatsächlich unter Verfolgungswahn.

Frieda suchte die Umgebung ab, während Pierre sie unsicher über den fast blinden Rückspiegel beobachtete.

Als sie es fast aufgegeben hatte, stieg aus einem am Straßenrand gegenüber stehenden Tuk-Tuk ein Mann aus, den sie erkannte.

Er hatte die Anweisung gegeben, dem Tuk-Tuk vor ihnen zu folgen. Das stellte in dem Gedränge auf den Straßen eine Herausforderung dar. Der Fahrer steuerte halsbrecherisch durch den Verkehr und klebte in sicherer Entfernung an dem Gefährt, in dem Frau Olsen saß.

Schließlich stoppte das Tuk-Tuk der alten Dame vor dem Grand Hotel und er wies den Fahrer an, weiterzufahren und erst hinter der nächsten Kurve zu halten. Er gab ein großzügiges Trinkgeld und ging die Straße zurück. Als er den Eingang des Hotels sehen konnte, runzelte er die Stirn und plötzlich sah er eine Verbindung.

Spontan fasste er einen Plan. Er war sich sicher, erfolgreich zu sein.

21

In der Mittagssonne blickte er von der gegenüberliegenden Straßenseite an dem prächtigen Bau in der Rue Colbert 46 hinauf. Das Gebäude des 5-Sterne-Hotels war ein Mix aus Kolonialstil und Art-Deco. Die über mehrere Stockwerke reichenden, bogenförmigen Fenster vermittelten eher den Eindruck einer Kirche denn eines Hotels.

Unter dem Baldachin des Haupteingangs standen Portiers in Uniformen, die den Gästen die Türen aufhielten und emsig Kofferträger heranwinkten.

Durch die Rue Colbert zog ein nicht enden wollender gelber Strom von Taxis und Tuk-Tuks, lediglich ein paar LKW und einige staubige Limousinen mit schwarzen, getönten Scheiben durchbrachen das Bild. Ein unablässiges Gehupe bildete die akustische Untermalung.

Lange stand er einfach nur an der Straße und blickte zum Hotel, ohne die Schönheit des Gebäudes zu würdigen. Unter seinem hellen Leinenhut sammelte sich der Schweiß und rann ihm langsam den Nacken hinab. Das Hemd klebte bereits feucht an seinem Oberkörper, aber all das nahm er, im Angesicht dessen, was ihm bevorstand, kaum wahr.

Die Überquerung dieser vielbefahrenen Straße erforderte seine volle Aufmerksamkeit. Er wartete eine kleine Lücke ab und trat beherzt einen Schritt vor, als er aus dem Augenwinkel eine Frau in ein Taxi steigen sah. Für einen Moment war er abgelenkt und als die weiße Limousine heranschoss, war sein erster Gedanke, dass es eine Stunde zu früh für den Tod war.

Friedas Aufschrei wurde von dem Geräusch der quietschenden Bremsen übertönt. Binnen Sekunden bildete sich ein Stau und lediglich die Zweiräder schlängelten sich an den stehenden Autos vorbei.

Der Fahrer einer weißen Limousine sprang aus seinem Auto und zwei Hotelportiers eilten zu dem am Boden liegenden Mann.

Es war Frieda unmöglich, zu erkennen, ob Hermann Seitz ernsthaft oder gar tödlich verletzt war.

Was machte ausgerechnet er hier?

Nein, unmöglich konnte es sich bei diesem 91-jährigen Herrn um ihren Verfolger handeln!

Gestützt von den Helfern, kam Hermann Seitz auf die Beine. Er taumelte bei dem Versuch, den Staub von seinem zerknitterten Anzug abzuklopfen.

Frieda beobachtete, wie Seitz den Kopf schüttelte und heftig protestierte. Er wolle weder einen Krankenwagen noch ein Taxi, das ihn zurück zum Schiff bringen würde. Schließlich ließ er sich von den Portiers in das Grand Hotel geleiten.

Frieda sah ihm nach und sie beschlich das Gefühl, soeben etwas gesehen zu haben, worauf sie sich keinen Reim machen konnte.

Aus einer spontanen Eingebung heraus beschloss sie, ebenfalls das Grand Hotel zu besuchen.

Sie hatte im Reiseführer gelesen, dass es sich bei der von Palmen eingerahmten Terrasse hinter dem Haus, die von großzügig angelegten Swimmingpools mit Brücken und Ruheinseln umrahmt wurde, um einen Geheimtipp handelte und ein Drink auf dieser Hotelterrasse den Besucher die Hektik der Stadt vergessen ließe.

Frieda sah sich in der lichtdurchfluteten Hotellobby erfolglos nach Seitz um.

Ein in Livree gekleideter Hotelpage führte sie auf die Terrasse.

Dort standen elegante Rattanmöbel unter weißen Schirmen. Die angrenzende Poollandschaft war tatsächlich beeindruckend und Frieda gab dem Reiseführer Recht. Der Besuch des Grand Hotel lohnte sich auf jeden Fall!

Sie ließ ihren Blick schweifen und sah Seitz an einem Tisch im Schatten sitzen.

Er hatte seinen Hut abgenommen und schien sich von dem Unfall erstaunlich schnell erholt zu haben. Ihm gegenüber saß ein älterer Herr, dessen Gesicht hinter einer großen Sonnenbrille verborgen war.

Zwei unberührte Tassen Kaffee standen auf dem Tisch und auch wenn Frieda nicht in der Lage war, das Gesagte zu hören, so war deutlich erkennbar, dass es sich um ein emotional aufgeladenes Gespräch handelte.

Frieda nahm an einem der Tische Platz und bestellte eine hausgemachte Granatapfellimonade mit Limettensaft.

Darauf bedacht, nicht im Blickfeld von Herrmann Seitz zu sein, lehnte sie sich in dem bequemen Sessel zurück und beobachtete die Männer durch halb geschlossene Augen.

Betreten stellte sie fest, dass alles an diesem Bild traurig wirkte. Die hängenden Schultern, die schweißnassen

Anzüge und die zittrigen Bewegungen der Greise erweckten ihr Mitleid und sie schämte sich plötzlich.

Was tat sie hier?

War es nicht absolut übergriffig, diese alten Männer zu beobachten?

Sie hatten ganz sicher nicht das Geringste mit dem Einbruch bei ihr zuhause zu tun!

Hier handelte es sich um einen Zufall! Sie hatte unbedingt einen Verfolger finden wollen und dann das erstbeste bekannte Gesicht als solchen deklariert!

Und jetzt spionierte sie diesem alten Mann hinterher.

Frieda war zum Heulen zumute.

Es musste sich etwas ändern. Und zwar sofort!

Sie winkte dem Kellner und gab in dem Bedürfnis, ihr schlechtes Gewissen zu beruhigen, ein viel zu großzügiges Trinkgeld.

Gerade als Frieda sich erhob, um zu gehen, schrie der ältere Herr, mit dem Seitz am Tisch saß, auf und versetzte diesem eine schallende Ohrfeige.

In dem darauf folgenden Wortschwall, den der Mann lauthals und wütend von sich gab, hörte Frieda eindeutig das Wort *Mörder* heraus.

Hermann Seitz blieb regungslos auf seinem Suhl sitzen und ließ die Beschimpfungen über sich ergehen. Mit keinem Wort verteidigte er sich.

Frieda beobachtete Hermann Seitz, während der andere Mann Richtung Lobby ging und sich noch einmal umwandte:

»Mord verjährt nicht, Sie werden sich dafür verantworten müssen! Das schwöre ich!«

22

Während Hermann Seitz zusammengesunken allein am Tisch saß, versuchte Frieda, das Erlebte zu sortieren.

Sie war Zeuge einer Mordanschuldigung geworden und Seitz hatte sich nicht verteidigt.

Konnten die Ohrfeige und die Anschuldigung nur symbolisch gemeint gewesen sein?

Hatte der Fremde vielleicht etwas im übertragenen Sinn ausdrücken wollen?

Niemand würde sich ungerechtfertigt als Mörder bezeichnen lassen. Andererseits war eine Ohrfeige auch nicht die passende Strafe für einen Mord. Allerdings hatte der Mann im Weggehen davon gesprochen, dass Mord nicht verjähre und das wies auf ein lange zurückliegendes Verbrechen hin.

Je länger sie das Gehörte rekapitulierte, desto seltsamer wirkte es auf sie.

Als Hermann Seitz nach einiger Zeit zahlte und sich aus dem Stuhl erhob, ließ ein Schwächeanfall ihn an Ort und Stelle zusammenklappen.

Frieda eilte sofort zu Hilfe und brachte ihn in die stabile Seitenlage, während Hotelmitarbeiter seine Stirn und Unterarme mit Eis kühlten.

Seitz bestand darauf, keinen Krankenwagen zu rufen, sondern mit einem Taxi zurück zum Schiff zu fahren. Nachdem Frieda Rücksprache mit dem Schiffsarzt gehalten hatte, fuhr sie mit Herrmann Seitz im hoteleigenen Shuttlebus zum Kreuzfahrtpier.

Sie war jetzt seine Ansprechperson und tatsächlich interessierten sie die Hintergründe des Mördervorwurfs.

Schiffsarzt Dr. Offen und eine Krankenschwester warteten am Pier vor der Gangway der AIDAaura auf den Shuttlebus des Grand Hotels. Während Dr. Offen den geschwächten Hermann Seitz im Rollstuhl die Gangway hinaufschob, konzentrierte Frieda sich auf den Vorfall im Grand Hotel.

Das Treffen musste von langer Hand geplant worden sein.

Was hatte Hermann Seitz damit bezweckt und wer war der andere Mann gewesen?

»Würden Sie mir bitte schildern, was genau geschehen ist?«, bat Dr. Offen Frieda und riss sie aus ihren Gedanken.

Sie zuckte mit den Schultern und erzählte von dem Treffen in der Mittagshitze und dass Seitz beim Aufstehen einen Schwächeanfall erlitten habe.

Warum sie die Mordanschuldigung verschwieg, wusste sie nicht.

Dann erst fiel ihr wieder der Unfall auf der Straße vor dem Hotel ein.

War Hermann Seitz vorsätzlich angefahren worden? Und wenn ja, weshalb?

Zwar geschah der Unfall vor dem Gespräch auf der Terrasse des Grand Hotels, aber Frieda glaubte nicht an Zufälle.

Dr. Offen brachte Seitz ins Bordhospital auf Deck 3. Nach eingehender Untersuchung diagnostizierte er starke Dehydrierung, die ursächlich für den Schwächeanfall war. Hermann Seitz war ansonsten gesund.

Er wurde an den Tropf gelegt und nach vier Stunden entließ Dr. Offen ihn mit den Worten:

»Wir sehen zweimal täglich nach Ihnen und zögern Sie nicht, bei Beschwerden das Bordhospital anzurufen. Wir sind rund um die Uhr besetzt und stehen Ihnen jederzeit zur Verfügung. Sie sollten unbedingt zwei Liter Flüssigkeit am Tag zu sich nehmen, am besten Wasser oder Tee!«

Seitz dankte dem Doktor und seiner Assistentin. Als er sich in seiner Balkonkabine auf der Terrassengarnitur niederließ und die Füße hochlegte, dachte er nach. Er würde dieses Jahr 92 werden. Worauf sollte er noch warten?

Es war Zeit, die Sache zu Ende zu bringen.

An der Backbordseite auf dem Panoramadeck 6 herrschte hektische Aufregung. Irgendjemand rief: »Sie ist gesprungen, sie ist wirklich gesprungen!«

Augenblicklich strömten Dutzende Passagiere zur Reling, zeigten auf eine schwimmende Person im Wasser und warfen Rettungsringe über Bord.

»OSKAR, OSKAR, OSKAR on Starboard. I repeat: OSKAR, OSKAR, OSKAR on Starboard side.«, ertönte der Notfallcode über die Bordlautsprecher auf dem ganzen Schiff.

Frieda war in ihre Kabine zurückgekehrt, um sich frisch zu machen. Die Ausfahrt aus dem Hafen von Antsiranana stellte einen Höhepunkt dieser Reise dar und obwohl sie sich erschöpft fühlte, wollte sie auf einen Erholungsschlaf verzichten und hinauf zur Aussichtsterrasse gehen, als sie den Notfallcode vernahm.

Sofort eilte sie an Deck. Ein zweites Mann-über-Bord-Manöver innerhalb weniger Stunden in Verbindung mit dem heute Erlebten, weckte ihr Interesse. Irgendwie mussten diese Vorfälle miteinander in Verbindung stehen!

Binnen zwei Minuten wurde über die Backbordseite eines der stark motorisierten Rescue-Boote zu Wasser gelassen, um die Frau aus dem Hafenbecken zu bergen.

Seltsamerweise jubelten einige der Passagiere der jungen Frau zu, als ob sie eine Art Mutprobe bestanden hätte. Frieda empfand das Verhalten als verantwortungslos und gefährlich und stellte zufrieden fest, dass sie diese Meinung nicht allein vertrat.

Sie wollte dieser jungen Frau nicht Publikum für ihre selbstgewählte Bühne sein und verließ kopfschüttelnd das Deck.

Von ihrem Sohn Klaas wusste sie, dass es immer wieder fahrlässige Gäste an Bord von Kreuzfahrtschiffen gab. Da wurde eine Liege über Bord geworfen, betrunken randaliert und sogar in ruhigen Buchten und Häfen von Bord gesprungen, um sich selbst oder Freunden etwas zu beweisen. Und immer war ein Handy zur Hand, um ein Video des Irrsinns auf den Social-Media-Plattformen veröffentlichen zu können. Für Likes waren diese Menschen bereit, ihr Leben zu riskieren.

Von einem Kreuzfahrtschiff zu springen, konnte tödlich enden!

Im Weggehen erkannte Frieda die kleine Filmcrew mit der jungen Frau, die sich vor dem Ausleger, der das Rescue-Boot zu Wasser gelassen hatte, in Position brachte. Immer wieder zeigte die Frau hinunter auf das Wasser, während die Kamera ihr folgte.

Die Crew des Rescue-Bootes fischte die Schwimmerin heraus und setzte sie über die Pieranlage an Land ab, wo sie von zwei Uniformierten der Hafenbehörde in Empfang genommen wurde. Von der Gangway eilten die Staffkapitänin und eine Krankenschwester mit Bademantel und Decken heran.

Als die Schwimmerin den Pier betrat, riss sie die Arme in die Höhe und zeigte mit beiden Händen das Daumenhoch-Zeichen. Ihr wurden Applaus und Jubel entgegengeschleudert.

Die blonde Instagramerin posierte weiter an der Reling und wies auf die Schwimmerin.

In diesem Moment dachte Frieda wieder einmal, dass sie einfach zu alt war, um diese Jugend zu verstehen. Obwohl sie sich für modern, weltoffen und tolerant hielt, stieß sie in diesem Fall an ihre Grenzen.

Auf dem Promenadendeck stand im Schatten der Bordwand eine Person, die das Geschehen mit einem wissenden Grinsen beobachtete.

23

VOR 3 MONATEN - DÜSSELDORF

Im Grunde genommen stellte die Krebsdiagnose einen Brandbeschleuniger für ihre Eheprobleme dar. So sehr Karin Mehdorn sich gewünscht hätte, die ihr verbliebene Lebenszeit in einer harmonischen Partnerschaft zu verbringen, so wusste sie doch, dass ihre Ehe seit langem zerrüttet war.

Allerdings musste sie ihrem Mann ehrlicherweise zugestehen, dass er sich in den ersten Wochen nach der Diagnose bemüht hatte, seine Abneigung zu verbergen.

Mit dem Tod konfrontiert, fragte sie sich unweigerlich, warum sie diese Verbindung so lang aufrecht erhalten hatte.

War es wirklich wegen der Kinder gewesen? Die waren dem Elternhaus längst entflohen und sie hatte vergeblich gehofft, dass der Armin, den sie in ihrer Studienzeit kennen- und liebengelernt hatte, wieder zum Vorschein kommen würde.

Umso überraschter war sie gewesen, als er mit dieser Reise nach Hause gekommen war.

»Lass uns diese letzten Monate friedlich zusammen verbringen!«, hatte er gesagt.

Sie waren schon einige Male auf einem Kreuzfahrtschiff gereist und immer hatte sie die Weite des Ozeans und den Blick auf den Horizont als friedvoll empfunden.

Vor Jahren hatten sie eine Dokumentation über die Kreuzfahrtroute von Mauritius nach Venedig gesehen und jetzt hatte Armin eine Suite für genau diese Traumreise auf der AIDAaura gebucht.

Karin war gerührt gewesen.

Es war seine Bereitschaft, die kurze Zeit, die sie noch zur Verfügung hatte, schön zu gestalten und stolz auf die gemeinsame Vergangenheit zurückzublicken.

Damit erfüllte sich ihr größter Wunsch!

Ihre Kosmetikfirma machte Millionenumsätze und in den letzten Jahren hatte sie Armin, aus steuerlichen Gründen, als Prokuristen eingestellt. Sie hatte gehofft, er würde mit dieser verantwortungsvollen Aufgabe wachsen, aber das Gegenteil war eingetreten. Armin hatte noch nie irgendetwas besonders ernst genommen. Aber genau dieses Indentaghineinleben war es, was sie an ihm bewundert hatte.

Mit der Geburt der Kinder änderten sich jedoch ihre Prioritäten. Hatte sie anfangs noch gehofft, dass Armin einfach etwas Zeit benötige, die Verantwortung für eine Familie zu übernehmen, war sie bis heute enttäuscht worden. Darüber hinaus war er ein Tagträumer. Auch wenn er sich gern als Macher und Entrepreneur sah, war er ein Loser geblieben. Das war ihr im Laufe der Jahre schmerzhaft bewusst geworden und sie war ihren Eltern im Nachhinein dankbar, dass sie auf einen Ehevertrag mit Gütertrennung bestanden hatten.

Armins Geschäftsideen waren von Misserfolg geprägt und sie hatte die finanziellen Forderungen der Gläubiger immer wieder beglichen.

Aber erst nach der Krebsdiagnose änderte sie, auf Anraten ihrer Anwälte, ihr Testament. Armin würde, als Startkapital für eine Zukunft ohne sie, eine fünfstellige Summe erhalten. Die Firma, einige Aktienfonds und 4 Mietshäuser würden hälftig an die Kinder gehen und sie hatte das gute Gefühl, ihnen damit ein sorgenfreies Leben zu ermöglichen.

Armin reagierte erschreckend aggressiv, als sie ihn über die Testamentsänderung informierte und zog sich von da an vollends von ihr und den Kindern zurück.

Umso größer war ihre Freude über seinen Sinneswandel und auf diese Reise mit ihm.

Die Chemotherapie mit der anschließenden Bestrahlung hatte deutliche Spuren hinterlassen und das letzte Gespräch mit ihrem Arzt, in dem er bedauerte, ihr mitteilen zu müssen, dass der Krebs zu stark gestreut habe und eine Heilung nicht möglich sei, war lediglich die Bestätigung ihres eigenen Gefühls gewesen.

Karin Mehdorn erzählte ihrer Freundin Birgit, die ihre Abneigung gegen Armin schon lange nicht mehr verbarg, von der Kreuzfahrt.

»Was ist, wenn er dich über Bord wirft? Auf Schiffen verschwindet jedes Jahr ein Dutzend Menschen spurlos.«

Karin sah sie kopfschüttelnd an.

»Du liest zu viele Krimis, Birgit.«

»Er liebt dich nicht!«

»Das weiß ich, aber er wird immer der Vater meiner Kinder sein und schon um ihretwillen ist es meine Pflicht, die Dinge mit ihm zu regeln, bevor ich sterbe.«

Karin dachte an Jona und Clara. Sie standen ihrem Vater ablehnend gegenüber und hatten sich schon sehr früh auf ihre Seite geschlagen. Über die Jahre hatten sie schließlich hautnah miterlebt, wie wenig er sich um sie kümmerte und sein Egoismus die Familie zerstörte.

Sie würden in einigen Jahren eigene Familien haben und für sie war gesorgt. Aber sollten ihre zukünftigen Enkelkinder nicht wenigstens einen Opa haben?

»Armin hätte keinerlei Vorteile von meinem Tod. Er erbt nichts und würde so oder so mit einer kleinen Rente enden.«, klärte sie Birgit auf.

»Im Grunde genommen müsste er alles daran setzen, dass ich so lange wie möglich lebe, denn nur so kann er seinen Lebensstil aufrecht erhalten.«

»Warum fahren wir beide nicht? Wir hätten wenigstens jede Menge Spaß!«

»Danach, Birgit. Danach machen wir zwei eine letzte Reise, aber erst ist Armin an der Reihe. Mit ihm habe ich die meiste Zeit meines Lebens verbracht, da werden wir wohl noch einen Urlaub bewältigen!« Karin legte eine Pause ein und schaute nachdenklich ins Leere.

»Es ist mir wichtig, diesen Teil meines Leben fair zu Ende zu bringen. Ich habe das Bedürfnis, alle Dinge zu regeln und nichts unversucht zu lassen. Diese Reise könnte mir dabei helfen, mich mit ihm auszusöhnen.«

In diesem Moment betete Karin Mehdorn stumm dafür, dass sie auch nach der Kreuzfahrt kräftig genug sein würde, um mit Birgit zu verreisen.

Sie sahen sich schweigend an.

»Ich werde dich so sehr vermissen, Karin!«, schluchzte Birgit und warf sich in die Arme der Freundin.

24

HEUTE - MADAGASKAR, ANTSIRANANA

Punkt 19:00 Uhr hoben je zwei Männer die schweren Festmachertampen über die mächtigen Poller am Pier. Die Bugstrahlruder drückten das Schiff vom Kai ab und überall an Deck ertönte die AIDA-Hymne *Sail Away* von Enya.

Frieda liebte den Moment des Ablegens, aber hier in Antsiranana hatte das Manöver eine einzigartige Atmosphäre.

Die Ladefläche eines alten Kleinlasters diente als Bühne für eine Band, die den überall am Pier tanzenden Menschen einheizte.

Vom Panoramadeck 6 aus verfolgte Frieda das bunte Treiben. Die Crew reichte Tee mit Rum, den Frieda ablehnte, aber dankbar eines der angebotenen Erfrischungstücher nahm.

Beim Auslaufen rannten zahlreiche Madegassen auf dem Pier neben der AIDAaura her. Sie riefen und winkten ausgelassen. Schilder mit der Aufschrift *GUTE REISE*

AIDAaura wurden hochgehalten und sogar auf den Hügeln außerhalb der Hafenanlagen, hatten sich fröhlich winkende Stadtbewohner versammelt.

Es war ein herzerwärmender Abschied, der die Lebensfreude, Gastfreundschaft und Ausgelassenheit der Bewohner dieser riesigen Insel vor Ostafrika widerspiegelte.

Frieda sah der Hafenstadt im Norden Madagaskars noch eine Weile hinterher, während Kapitän Krasnici die Aura durch das Fahrwasser der Meerenge bugsierte.

Als sie die Bucht verlassen hatten und sich auf offener See befanden, suchte Frieda ihre Suite auf. Die Temperatur betrug immer noch 23 Grad. Nach einer erfrischenden Dusche trat sie auf ihre Terrasse und spürte die frische Ozeanbrise.

Sie nahm nur einen kleinen Imbiss im Buffetrestaurant ein, denn allzu viel Zeit zum Essen blieb ihr nicht.

Heute Abend stand im Theater eine Travestieshow auf dem Programm, die sie besuchen wollte.

Das Theater erstreckte sich über die Decks 8 und 9 und war angenehm klimatisiert. Frieda hatte von ihrem Platz im oberen Rang eine gute Sicht auf die Bühne. Die Theater auf Kreuzfahrtschiffen boten allen Passagieren die Möglichkeit, jederzeit zu kommen und zu gehen. Das bedeutete manchmal eine gewisse Unruhe, aber jeder Gast sollte in seinem Urlaub die Möglichkeit haben, unabhängig zu entscheiden, wann und für wie lange er eine Vorstellung besuchen wollte. Pünktlich um 21:30 Uhr öffnete sich der Vorhang und ein Schwall von Licht, Nebel und Musik kündigte den Auftritt des Travestie-Stars Elke Winter aus Hamburg an.

Eine wasserstoffblonde Diva betrat singend die Bühne und sofort applaudierten die zahlreichen Gäste. Auch Frieda war angesichts der Perfektion, mit der dieser Mann eine

Frau verkörperte, fasziniert und suchte vergeblich nach männlichen Merkmalen im Gesicht oder am Körper. Die knallrot bemalten Lippen und die bis zum Ellenbogen reichenden Spitzenhandschuhe, erinnerten Frieda an eine Aufführung im Moulin Rouge, die sie mit Jörg besucht hatte. Anerkennend verfolgte sie den scheinbar mühelosen Gang in Overkneestiefeln mit irrwitzig hohen Absätzen. Keines ihrer eigenen Schuhpaare schaffte es über eine Absatzhöhe von fünf Zentimetern!

Frieda genoss die Darbietung dieser vorlauten und frech-frivolen Elke Winter, die neben unterschiedlichsten Gesangseinlagen auch einige Bonmots in ihrem Repertoire hatte.

Sie fragte sich, wieviel Zeit seine Verwandlung beanspruchte und ob sie den Mann hinter der Verkleidung aus Schminke und Frauenkleidern morgen beim Frühstück erkennen würde, wenn er am Nachbartisch säße.

Als Elke Winter sich mit dem Schlussapplaus lachend verbeugte und das Saallicht wieder hoch dimmte, ertönte ein schriller Schrei.

Im Rang oben rechts, von wo die Gäste fast seitlich auf die Bühne schauten, kreischte eine Frau panisch. Ein Mann saß zusammengesunken in dem Sessel neben ihr. Sein hellblaues Hemd war blutdurchtränkt.

Aus den Lautsprechern ertönte OPERATION BRIGHT STAR und Frieda wusste, dass es sich um den Code für *Todesfall an Bord* handelte.

Binnen Minuten ließ Staffkapitänin Sabine Christiansen das Theater räumen.

Frieda reihte sich widerwillig in den Strom der Gäste ein. Der Kapitän hatte nicht um ihre Hilfe gebeten. Noch nicht!

Die AIDAaura fuhr seit vier Stunden auf dem Indischen Ozean und befand sich weit außerhalb der 12-Meilen-Zone. Hier herrschte Internationales Seerecht und der Kapitän hatte absolute Entscheidungsbefugnis.

Sie wusste, dass Kapitän Krasnici unter enormem Druck stand und die Balance zwischen den Interessen der Passagiere, der Reederei und der Sicherheit an Bord halten musste.

Er allein entschied über die weitere Vorgehensweise. Zweifelsfrei handelte es sich um einen Mord.

Im Foyer des Theaters wurden bereits Mutmaßungen angestellt und jeder wollte etwas Verdächtiges gesehen haben. Es machte den Anschein, als hätten alle Besucher der Show in unmittelbarer Nähe des Opfers gesessen und ein jeder beteuerte, es sei pures Glück, noch am Leben zu sein.

Frieda wusste, dass die meisten dieser Äußerungen nichts als Wichtigtuerei waren.

Allerdings verbargen sich in diesen Aussagen auch immer wertvolle Hinweise, die entscheidend für die Lösung des Falles sein konnten.

Also verfolgte sie aufmerksam die Gespräche und erfuhr von einem Vorfall beim Astrologieworkshop, wo eine der Teilnehmerinnen diesen Mord detailgetreu vorausgesehen hatte.

Mittlerweile war es Mitternacht und keine Information drang aus dem Theater heraus.

Frieda begab sich in die Anytime-Bar und setzte sich auf der Heckterrasse an einen Tisch am Rande der Reling.

Einige der Gäste hatten sie bereits erkannt und sie wollte auf keinen Fall angesprochen werden. Dennoch war ihr

Ermittlerinstinkt geweckt und sie konnte nicht umhin, ihre eigenen Schlüsse zu ziehen.

Und plötzlich erfasste sie die volle Tragweite dieser Situation und sie schluckte aufgeregt, um einen Aufschrei zu unterdrücken.

Vielleicht war es Vorsehung, Schicksal oder gar ein Fluch?

Sie glaubte nicht an Zufälle, das war ein wesentlicher Pfeiler ihrer Ermittlungsarbeit. Immer führten Zufälle zu Motiven oder Tätern. Was aber bedeutete ihreÜberzeugung in dieser Situation?

Sie befand sich auf der dritten Kreuzfahrt, auf der es einen Mord gegeben hatte.

War ihre Anwesenheit an Bord ursächlich für diese Morde? Zog sie das schlimmste aller Verbrechen an?

Und bedeutete der Einbruch bei ihr zuhause dann die logische Konsequenz?

Sie fragte sich, ob sie dem Mordopfer in den letzten Tagen begegnet war.

Während Frieda beobachtete, dass gut drei Dutzend Gäste, vornehmlich Frauen, das Astrologenpaar belagerte, um herauszufinden, ob diese Reise der AIDAaura unter einem schlechten Stern stünde, versuchte sie, die Fakten zu sortieren. Bisher war dieser Fall eine Gleichung mit vielen Unbekannten.

Sie dachte an Christine Zabel, die felsenfest davon überzeugt war, Zeuge eines Mann-über-Bord-Unfalls gewesen zu sein, obwohl niemand an Bord vermisst wurde.

Frieda vertraute der Crew um Kapitän Krasnici. Mit Sicherheit fehlte keiner der an Bord registrierten Personen, aber was, wenn es sich tatsächlich um einen blinden Passagier gehandelt hatte?

Es war die einzig logische Erklärung, denn Frieda glaubte der Zeugin Christine Zabel. Sie wirkte weder unsicher noch zerstreut.

Angenommen, es hatte einen blinden Passagier gegeben, wann und wo konnte er an Bord gekommen sein? Die einzige Möglichkeit wäre bei der Beladung des Schiffes am Pier in Port Louis gewesen, allerdings auch nur unter Mithilfe mindestens eines Crewmitglieds.

Das wiederum würde bedeuten, dass es irgendeine Verbindung zur philippinischen Crew gäbe.

Aber niemals hätte dieser illegale Fahrgast sein Versteck auf den unteren Decks verlassen!

Es war zum Verrücktwerden, aber Frieda drehte sich im Kreis!

Die zweite große Unbekannte war der 91-jährige Hermann Seitz und die ominöse Mordanschuldigung auf der Terrasse des Grand Hotels.

Sie erinnerte sich an die Begegnung am ersten Abend im Selection-Restaurant. Er hatte still dagesessen und in einem kleinen Notizbuch geblättert.

Um wen handelte es sich bei seinem Gesprächspartner? Wenn er nicht als Gast in dem Hotel wohnte, war es unmöglich, seine Identität festzustellen.

Frieda konnte sich nicht vorstellen, dass Hermann Seitz diese Reise nur wegen dieses Treffens im Grand Hotel unternahm, andererseits hatte er diesen Termin mit Sicherheit geplant.

Um was auch immer es im Grand Hotel zwischen den beiden alten Männern gegangen war, Frieda konnte sich keinen Zusammenhang mit dem Mord im Theater vorstellen.

Zwar hatte sie das Gespräch der beiden Herren nicht verfolgen können, aber sie war sicher, dass die Unterhaltung anfangs nicht von Aggressivität geprägt gewesen war. Kurz bevor Hermann Seitz die Ohrfeige erhalten hatte, war in dem Gesicht des anderen Mannes erst vollkommene Überraschung und schließlich Wut zu erkennen gewesen.

Aber es war eindeutig nicht um einen zukünftigen Mord gegangen.

Mord verjährt nicht. Ich werde Sie zur Rechenschaft ziehen!

Die dritte Unbekannte in dieser Gleichung war der Mord im Theater. Wer war das Opfer und wie wurde die Tat ausgeführt? Frieda kam sich hilflos vor. Sie hatte nicht die geringste Information und würde wahrscheinlich auch keine erhalten. Es sei denn, Ernesto, der Chef der philippinischen Housekeeping-Crew, würde ihr etwas erzählen. Innerhalb der Crew existierten keine Geheimnisse und Frieda wusste, dass zumindest Ernesto sie verehrte.

Aus der Mitte der Gäste, die sich auf der Terrasse des Calypso-Restaurants befanden, hörte Frieda eine hohe Frauenstimme heraus.

»Ich habe es gesehen, ich habe gesehen, wie er starb!«

25

HEUTE - INDISCHER OZEAN, KURS SEYCHELLEN

Dreißig Minuten nach Mitternacht wandte sich der Kapitän mit einer Borddurchsage an die Passagiere:

»Sehr verehrte Gäste, hier spricht Ihr Kapitän. Bedauerlicherweise haben wir einen Todesfall an Bord zu beklagen. Zur Zeit untersuchen unser Schiffsarzt und unser Sicherheitsteam die näheren Umstände. Bitte haben Sie Verständnis, dass wir zur Zeit keine weiteren Informationen herausgeben können.« Krasnicis Stimme klang ruhig und fest.

»Ich versichere Ihnen, dass für Passagiere und Besatzung keinerlei Gefahr besteht. Sobald wir Näheres wissen, erfahren Sie es von mir über die Borddurchsage. Ich hoffe, dieser Zwischenfall wühlt sie nicht zu sehr emotional auf. Andernfalls steht Ihnen natürlich unser Bordhospital mit dem medizinischen Fachpersonal kostenfrei zur Verfügung. Zögern Sie bitte nicht, diese Hilfe in Anspruch zu nehmen.«

In allen öffentlichen Bereichen des Schiffes kümmerten sich Mitarbeiter der Crew um aufgeregte Passagiere. Kellner reichten Wasser und gekühlte Waschlappen.

Auf der Heckterrasse des Calypso-Restaurants, das wegen dieser besonderen Umstände noch geöffnet hatte, widmete Frieda sich der Beobachtung der beiden Astrologen, die immer noch von einer Menschentraube umringt waren.

Die Frau, die behauptete, den Mord gesehen zu haben, hieß Gabriele Döpper. Sie entpuppte sich als diejenige, die am Nachmittag beim Astrologie-Workshop von einer Vision heimgesucht worden war.

Als sie begann, Einzelheiten dieser Vision zu erzählen, fasste Frieda einen Entschluss. Das Letzte, was die Passagiere jetzt benötigten, waren haltlose Phantastereien einer verwirrten Hobbyastrologin.

Sie ging schnellen Schrittes auf Gabriele Döpper zu, hakte sie unter und zog die vollkommen überrumpelte Frau Richtung Ausgang.

»Frau Döpper, ich denke, Sie sollten sich mit dem Kapitän über Ihre Vision unterhalten!«

Gabriele Döpper folgte Frieda verdutzt, wand sich dann aber aus ihrem drängenden Griff.

»Wer sind Sie, was soll das? Lassen Sie mich gefälligst los!«, schnaubte sie aufgebracht.

»Mein Name ist Frieda Olsen und ich denke, dass Sie Ihre Geschichte nicht jedem erzählen sollten!«

Gabriele Döpper starrte Frieda wütend an.

»Wie können Sie es wagen?«, überschlug sich ihre Stimme.

»Ich werde es jedem erzählen, der es hören will, denn schließlich ist es die Wahrheit. Ich hatte eine Vision von diesem Mord und jetzt ist er eingetreten!«

»Frau Döpper, bedenken Sie bitte, dass Sie sozusagen die einzige Zeugin sind und der Mörder sich auf diesem Schiff befindet. Das bringt Sie zwangsläufig in Gefahr und als nächstes potentielles Opfer ins Spiel.«

Erschrocken sackte Gabriele Döpper in sich zusammen.

»Oh mein Gott, ich habe den Mörder doch gar nicht gesehen!«

»Das weiß der Mörder aber nicht! Sie sind in Gefahr!«

Frieda befürchtete, die Frau würde in Ohnmacht fallen und sprach beruhigend auf sie ein.

»Deshalb denke ich, Sie sollten mit dem Kapitän reden!«

Kein Zweifel, Gabriele Döpper glaubte felsenfest an die Macht und den Einfluss der Sterne auf ihr Leben und war sich sicher, den Mord vorhergesehen zu haben.

Obwohl Frieda weder eine Anhängerin der Astrologie noch irgendwelcher Vorhersehungen war, konnte sie den offensichtlichen Zusammenhang zwischen der Vision und dem Mord im Theater nicht leugnen.

Damit gesellte sich die vierte Unbekannte zu den anderen in die Gleichung.

Auf Deck 8 vor dem Theatereingang wartete Frieda mit Gabriele Döpper auf den Kapitän. Sie hatte darum gebeten, in dringender Angelegenheit mit ihm zu sprechen. Als Krasnici sie sah, schüttelte er mit dem Kopf.

»Was habe ich Ihnen gesagt, Frau Olsen? Der Tod reist mit Ihnen!«

Frieda war viel zu verblüfft, um angemessen zu reagieren, als Gabriele Döpper sich augenblicklich von ihr abwandte und auf den Kapitän zuging.

»Ich habe den Mord gesehen!«, bekundete sie und schaute verächtlich zu Frieda.

»Diese Frau hat mir gedroht, nicht darüber sprechen zu dürfen, andernfalls sei ich das nächste Opfer des Mörders!«

Frieda war fassungslos. So hörte es sich vollkommen verfälscht an und der Kapitän würde sicher falsche Schlüsse ziehen.

Krasnicis Gesichtsausdruck spiegelte Verwunderung wider.

»Wie ich bereits sagte, Frau Olsen, hier an Bord treffe ich die Entscheidungen und ich fordere Sie hiermit auf, sich nicht eigenmächtig einzumischen. Ich benötige Ihre Hilfe ausdrücklich nicht!«

Frieda schluckte und hatte das Bedürfnis, die Situation zu erklären. Letzten Endes hatte sie es nur gut gemeint und die labile Frau Döpper davon abhalten wollen, die Gerüchteküche anzuheizen.

Doch Krasnici ließ sie nicht zu Wort kommen.

»Halten Sie sich zurück, Frau Olsen. Das ist ein Befehl des Kapitäns!«

Er wandte sich an Gabriele Döpper.

»Wir kümmern uns jetzt erstmal um Sie …«, er stockte.

»Gabriele Döpper, ich bin sozusagen eine Mordzeugin!«

Sie sah den Kapitän mit großen Augen an und es war offensichtlich, wie wichtig ihr seine Anerkennung war.

Frieda hoffte, dass Krasnici sich nach dem Bericht von der Vision über die vergeudete Zeit ärgern würde.

Staffkapitänin Christiansen erschien in Begleitung einer Krankenschwester, um Frau Döpper als wichtige Zeugin in Empfang zu nehmen.

Krasnici verabschiedete sich mit einem Blick von Frieda und verschwand hinter der Absperrung des Eingangs zum Theater.

Frieda fühlte sich vom Kapitän zu einem sensationslüsternen Gast degradiert. Sie spürte, wie sich Verärgerung in ihr ausbreitete.

Ja, sie war begierig, an der Ermittlung beteiligt zu werden, aber auf keinen Fall würde sie sich aufdrängen!

Je länger sie darüber nachdachte, desto mehr ärgerte sie sich über das Verhalten des Kapitäns. Letzten Endes war es respektlos gewesen, sie nicht zu Wort kommen zu lassen, zumal er um ihre kriminalistischen Fähigkeiten wusste.

Frieda atmete tief durch und ermahnte sich, Verständnis für sein Verhalten aufzubringen.

Sie machte sich auf den Weg in ihre Kabine und entschied sich für die Treppe, die neben der Kunstgalerie nach unten auf Deck 7 führte.

Im Vorbeigehen nahm sie gedankenverloren die an der Wand hängenden Kunstdrucke wahr. Irgendetwas erregte ihre Aufmerksamkeit.

Sie blieb stehen, drehte sich um und betrachtete ihre Umgebung. Sie war allein.

Erfolglos versuchte sie, das Gefühl zu ergründen.

Forschen Schrittes ging sie die Treppe hinunter, bog in den Flur zum Bug ein und öffnete mit ihrer Bordkarte die Kabinentür. Sie hatte dem Drang widerstanden, sich immer wieder umzudrehen, aber die Panik war mit jedem Schritt gestiegen. Müde und erschöpft legte sie sich ins Bett und versuchte noch einmal, ihre unterschiedlichen Eindrücke zu sortieren. Sie würde auf keinen Fall Sklave ihrer Ängste sein!

26

Am nächsten Morgen, während die AIDAaura mit langsamer Fahrt voraus Richtung Seychellen fuhr, gab es auf dem Schiff kein anderes Gesprächsthema als den Mord im Theater. Frieda hatte auf der Heckterrasse auf Deck 9 Platz genommen und sah sich um. Die Temperaturen waren über Nacht kaum gesunken und die Sonne brannte bereits über dem Indischen Ozean.

Es herrschte eine emotional aufgeheizte Stimmung und Frieda versuchte, Gabriele Döpper in der Menge auszumachen.

Kapitän Krasnici hatte um 8 Uhr per Borddurchsage seine Passagiere über den Stand der Ermittlungen informiert.

Frieda war aufgefallen, dass er das Wort Mord in seiner knapp 4-minütigen Ansprache vermieden hatte. Stattdessen war von einem unnatürlichen Todesfall die Rede gewesen. Offensichtlich tappten er und seine Mannschaft im Dunkeln.

Die Staffkapitänin trug die Verantwortung für die Sicherheit an Bord und würde die Morduntersuchung leiten. Das bedeutete keine leichte Aufgabe, erst recht nicht an Bord eines Schiffes, auf dem nur begrenzt kriminaltechnische Mittel zur Verfügung standen. Es gab weder die Möglichkeit, Fingerabdrücke zu nehmen, noch die einer gerichtsmedizinischen Untersuchung. Auch wenn das Bordhospital mit Ultraschall- und Röntgengeräten sowie einem kleinen OP-Saal ausgestattet war, verfügte der Schiffsarzt nicht über die für eine Autopsie notwendige Ausrüstung.

Sicher hatte Dr. Offen eindeutig die Todesursache festgestellt, aber alles Weitere fiel in die Zuständigkeit eines Pathologen.

Allerdings ließe sich der infrage kommende Täterkreis durch Überprüfung der Einsatzpläne der Crew, Tischreservierungen in den Restaurants und Videoaufnahmen der öffentlichen Schiffsbereiche erheblich weiter eingrenzen.

Im Grunde genommen war eine Mordermittlung an Bord eines Schiffes wie ein Puzzle. Der Rand ließ sich relativ schnell abstecken, aber die Puzzleteile des Motivs erforderten viel Geduld. Irgendwann ergab sich dann ein Bild.

Soweit die Theorie, aber die Praxis sah für Frieda ganz anders aus, denn sie war nicht eingebunden in die Ermittlungen. Und dennoch spürte sie den Drang, etwas zu unternehmen. Sie konnte nicht anders, als zu ermitteln und zu kombinieren.

In diesem Moment bemerkte sie eine Veränderung, die ihr vorher nicht aufgefallen war.

Sie spürte keine Blicke auf sich ruhen und hatte nicht das Gefühl, verfolgt zu werden. Sie erinnerte sich an gestern Nacht vor der Kunstgalerie. Da war ihr dieses neuartige Gefühl erstmals aufgefallen und jetzt war es ihr noch bewusster.

Sie spürte in sich hinein und fühlte sich sicher. Hatte ihr Verfolger aufgegeben oder es sich anders überlegt?

Oder hatte sie sich doch alles nur eingebildet?

Keine Frage, sie war nach den beiden Mordfällen auf der Bella und Luna und dem Einbruch bei sich zuhause emotional aufgewühlt.

Noch vor zwei Wochen war sie eine selbstbewusste, alleinstehende Frau gewesen, die mit beiden Beinen fest im Leben gestanden hatte.

Nie hatte sie sich vorstellen können, dass sie unter Panikattacken leiden würde. Je länger sie darüber nachdachte, desto stärker wurde ihr bewusst, dass es ihr schwerfiel, diese Schwäche einzugestehen.

Vielleicht half ihr der Mord im Theater, ihre Gedanken ausschließlich darauf zu fokussieren. Dieses Verbrechen als Ablenkung von ihren eigenen Problemen zu nutzen, war makaber und stellte ein nicht minder großes psychisches Problem dar!

An einem Tisch an der Reling nahm Christine Zabel unter einem der Sonnenschirme Platz. Frieda suchte ihren Blick und grüßte.

Sie wollte sich noch einmal mit ihr unterhalten, da die nächtliche Beobachtung in Anbetracht des Mordes eine gewichtigere Bedeutung bekommen hatte. Jedes ungewöhnliche Ereignis konnte einen entscheidenden Hinweis geben.

Frieda nahm ihren Kaffee und ging hinüber zu Christine Zabel.

»Guten Morgen, darf ich mich zu Ihnen setzen?«

Frau Zabel schob die Sonnenbrille hoch und sah Frieda an.

»Sie halten mich also nicht mehr für verrückt?«

Frieda schüttelte lächelnd den Kopf.

»Das tat ich nie!«

Sie saßen eine Zeitlang schweigend nebeneinander und blickten auf das Kielwasser. Frieda schaute sich um und bemerkte, dass einige der Gäste sie neugierig anstarrten.

Die Gesprächsfetzen, die sie von den Nachbartischen aufschnappte, beschäftigten sich ausnahmslos mit dem Mord und jeder schien ganz genau zu wissen, was passiert war.

»Glauben Sie, es besteht ein Zusammenhang zwischen meiner Beobachtung und dem Toten im Theater?«, fragte Christine Zabel.

In dem Bewusstsein, hier auf der Terrasse kein privates Gespräch führen zu können, nickte Frieda lediglich.

An der Steuerbordreling hatte sich die kleine Influencergruppe um die blonde Frau gruppiert und filmte, wie sie an einem Latte macchiato nippte. Ihre Mimik wirkte übertrieben und Frieda stellte kritisch fest, dass Schauspielerei ein Beruf war, den es zu erlernen galt. Ein hübsches Gesicht, modisches Outfit und sogenannte Follower auf Social-Media-Kanälen machten aus diesem Mädchen noch keinen Star.

Frieda ermahnte sich, nicht gehässig zu sein, aber das Verhalten der kleinen Truppe wirkte in Anbetracht der Geschehnisse fehl am Platz.

Aus dem Augenwinkel sah sie die beiden Astrologen die Terrasse betreten. Wieder trug die Frau ein auffallendes Seidengewand mit Sternen und Tierkreiszeichen und der Mann war in knallorange Shorts und ein Hemd mit großen Yin und Yang Symbolen gekleidet. Sie fielen wie zwei Papageien in einem Schwarm Drosseln auf, aber das gehörte wohl zum Showgeschäft. Schließlich verkauften sie nicht nur die Teilnahme an ihren Workshops, sondern auch Bücher und Einzelsitzungen.

Helga Bunge und Dieter Hegner genossen ihren Auftritt sichtlich und setzten sich an einen der Tische nahe der Treppe.

Eine Frau rückte ihren Stuhl an die beiden heran und fragte hinter vorgehaltener Hand:

»Ist die Frau von gestern ein Medium?«

Helga Bunges Gesicht ließ keine Regung erkennen.

»Unter den richtigen Umständen kann jeder von uns ein Medium sein«, antwortete sie.

»Aber so, wie es sich zur Zeit darstellt, wurden wir Zeugen einer Vision, die leider traurige Realität wurde!«

Sie hob ihre Stimme und sprach etwas lauter, um ein größeres Publikum zu erreichen.

»Unsere Kursteilnehmer lernen in mehreren Schritten, Visionen zuzulassen und diese zu deuten. Es bedarf großer Erfahrung, um eine positive Beeinflussung auf unser Leben zu erreichen.«

Frieda wusste, dass die Workshops und Einzelsitzungen der beiden ausgebucht waren. Trotzdem überraschte sie die große Anzahl Gäste, die wie Jünger an den Lippen der Astrologin hingen.

Es war Frieda unbegreiflich, aber sie ermahnte sich zu Toleranz. Jeder wie er wollte, solange er die Kreise des anderen nicht störte.

Wenn das Paar es geschickt anstellte, würde es von diesem Vorfall noch Monate nach Reiserückkehr profitieren.

Was auch immer Gabriele Döpper bei der Tarotsitzung gesehen hatte, Frieda ärgerte es, dass niemand fragte, wie es ihr ging. Vielleicht machte sie sich Vorwürfe oder hatte ein Trauma erlitten? Hoffentlich war Staffkapitänin Christiansen so umsichtig, sie medizinisch betreuen zu lassen.

Frieda jedenfalls glaubte nicht an Visionen. Eine Erklärung könnte eine Art hypnotischer Zustand sein, in den sich die Person selbst hineinversetzte oder versetzt wurde. Unter Hypnose ließen sich anhand kleinster Triggerpunkte die gewünschten Emotionen und Aussagen hervorrufen.

»Glauben Sie an so etwas?«, fragte Christine Zabel und riss Frieda aus ihren Gedanken.

»Genausowenig wie an die Zahnfee oder den Osterhasen! Und sie?«

»Nein, ich lese zwar die Horoskope in der Zeitung, aber nur zur Unterhaltung.«

»Ich würde gern in allen Einzelheiten von Ihrer Beobachtung in der ersten Nacht hören.«, bat Frieda.

Christine Zabel reagierte zurückhaltend.

»Gern, aber seit der von mir gemeldete Notfall als blinder Alarm eingestuft wurde, begegnen mir viele Mitreisende mit Argwohn.«

Frieda kannte dieses Gefühl.

»Wir können uns gern in einer ruhigeren Atmosphäre unterhalten. Wie wäre es mit einem zweiten Versuch in der Hemingway-Lounge?«

»Sehr gern! Ich habe um 12 Uhr einen Friseurtermin, aber um 14 Uhr könnte ich dort sein.«

Frieda nickte und als Christine Zabel gegangen war, ließ sie ihren Blick wieder über die Terrasse schweifen.

Sie saugte alles auf, was sie sah, merkte sich Kleinigkeiten und vertraute auf ihren Instinkt. Noch vor einem Jahr war sie von Notizzetteln umgeben gewesen. Vom

Einkaufszettel über Handwerkertermine bis zu Telefonnummern hatte sie alles notiert. Erst die beeindruckende Gedächtnisleistung des saudischen Kommissars, den sie bei den Ermittlungen auf der AIDAbella kennengelernt hatte, spornte sie zu Konzentrationsübungen und Meditation an. Mittlerweile benötigte sie keine zeitaufwendigen Notizen mehr, um sich etwas zu merken.

Abgesehen von den beiden Astrologen und dem Influencerteam fielen ihr zwei Frauen auf, die sich offenbar noch nicht lange kannten. An ihrem Tisch standen zwei geleerte Sektgläser und abgefrühstückte Teller. Sie sahen sich immer wieder verstohlen nach allen Seiten um.

Beide trugen Jeansshorts und leichte Leinenblusen und waren schätzungsweise 20 Jahre jünger als sie.

Für eine zufällige Reisebekanntschaft schienen sie sich zu gut zu kennen, aber auf keinen Fall waren sie beste Freundinnen.

Am Nachbartisch von Frieda saßen zwei Paare mit kölschem Dialekt. Die Männer diskutierten lautstark über die optimale Stichwunde, um jemanden lautlos und schnell zu töten, während die Frauen sie ermahnten, leiser zu sprechen.

Frieda schmunzelte. Die beiden versuchten sich in CSI AIDA und letzten Endes war sie selbst nicht viel besser. Auch sie war eine Hobbyermittlerin, allerdings mit der dreißigjährigen Erfahrung des Lesens von Kriminal- und Strafakten. Jörg hatte ihren scharfen Verstand sehr geschätzt. So manches Mal hatte sie ihn auf Ungereimtheiten hingewiesen und ihm damit Verteidigungsstrategien eröffnet.

Kriminalromane und Thriller waren ihr im Verhältnis zu den Fällen aus dem realen Leben immer trivial erschienen.

Im hinteren Bereich der Terrasse sah Frieda den Mann der krebskranken Frau am Tisch sitzen. Er prostete Frieda mit einem Champagnerglas grüßend zu und wandte den Blick nicht ab. Sie registrierte, dass auf dem Tisch ein zweites Gedeck fehlte. Offensichtlich frühstückte er allein.

Erst jetzt bemerkte Frieda die vielen Offiziere auf dem Deck.

Auch das Team von Staffkapitänin Christiansen stellte also Beobachtungen an. Schließlich befand sich ein Mörder an Bord und der Kapitän musste von einem Täter ausgehen, der die Ansammlung von Menschen nicht scheute.

Als Frieda aufstand, um in ihre Suite zu gehen, schoss ihr ein Gedanke durch den Kopf.

Konnte das möglich sein?

Plötzlich wusste sie etwas über das Opfer, allerdings brachte dieses Wissen sie selbst in den Kreis der Verdächtigen.

27

VOR DREI WOCHEN

Britta Kamener war erschüttert über die Verachtung, die sie für ihren Mann empfand.

Sie versuchte seit Wochen, ihr Geheimnis zu bewahren, und hatte sich spontan zu einer Kreuzfahrt entschieden. Es musste Ostafrika sein, denn vor Jahren hatte sie Reiseführer für Ostafrika und den mittleren Orient geschrieben, war aber, als die Kinder kamen, ganz in der Rolle als Mutter und Hausfrau aufgegangen.

Mutter zu sein hatte ihr wirklich gefallen und noch heute, Jahre nachdem ihre Töchter ausgezogen waren, ging ihr das Herz auf, wenn sie anriefen oder vorbeikamen.

Wann genau ihre Gefühle für Hendrik gekippt waren, konnte sie im Nachhinein nicht sagen. Sie hätte wesentlich früher die Reißleine ziehen sollen, aber irgendwie hatte sie immer gewartet. Bis die Kinder in der höheren Schule waren, bis sie auszogen und schließlich, bis sie ihr Studium beendeten. Heute wusste sie, dass dies ein Fehler gewesen war, denn zu einem früheren Zeitpunkt hätte sie mit Hendrik zumindest einen respektvollen Umgang pflegen können, schließlich blieb er der Vater ihrer Kinder.

Der Plan, den sie im Kopf hatte, machte ihr Angst, aber trotzdem wollte sie diesen Schritt wagen.

Die Idee spukte schon so lange in ihrem Kopf herum! Wie ein großer Durst, der darauf wartete, endlich gestillt zu werden.

Britta Kamener hoffte, diesen Durst löschen zu können, wenn sie erst einmal auf dem Schiff war.

Sie würde nicht allein reisen.

28

HEUTE – INDISCHER OZEAN, KURS SEYCHELLEN

Frieda entschloss sich, vor ihrem Treffen mit Christine Zabel mit der Staffkapitänin über ihren Verdacht zu sprechen.

Auf dieser Reise war Frieda weder die Mutter des Kapitäns noch die um Unterstützung gebetene Ermittlerin und so ersuchte sie an der Rezeption um ein Gespräch mit Christiansen. Auf Nachfrage verkündete sie dem Mitarbeiter, dass sie eine wichtige Information, den Mord im Theater betreffend, habe.

Nach 10 Minuten erschien die großgewachsene Staffkapitänin. Ihr Auftreten war selbstsicher, freundlich und von Autorität geprägt. Frieda ertappte sich bei dem Gedanken, dass diese Frau die perfekte Partnerin für Klaas wäre und lächelte ihr freundlich entgegen.

»Frau Olsen, es freut mich, Sie persönlich kennenzulernen. Ich muss nicht betonen, dass alle Mitarbeiter auf den AIDA-Schiffen wissen, wer Sie sind!«

Bildete Frieda sich einen Unterton ein? Sie wollte sich nicht aufdrängen, aber ihre Entdeckung konnte zumindest einen Anstoß geben und bei einer Mordermittlung war der kleinste Hinweis wichtig.

»Mir ist etwas aufgefallen!«, begann sie.

Christiansen horchte interessiert auf.

»Ich habe seit Beginn der Reise das Gefühl, beobachtet und verfolgt zu werden.«

»Wieso haben Sie uns nicht davon in Kenntnis gesetzt?«

Frieda zögerte, doch dann erzählte sie der empathischen Staffkapitänin die Geschichte des Einbruchs in ihre Wohnung in Kiel. In allen Einzelheiten berichtete sie von den Geräuschen aus der Küche und dass sie wie eine Schlafwandlerin mit einem Küchenmesser in der Hand erwachte. Von dem Schrecken, als sie den gesichtslosen Mann in der Dunkelheit vor dem Kühlschrank hatte stehen sehen und davon, dass das heruntergefallene Messer ihr eine Fußverletzung beschert hatte, die sie bis heute bei starker Beanspruchung spürte.

»Anfangs dachte ich, ich bilde mir einen Verfolger nur ein, aber gestern in Antsiranana war ich mir sicher. Ich habe ihn gesehen.«

»Haben Sie ihn erkannt?«

Frieda stockte kurz. Nein, sie hatte sein Gesicht nicht gesehen. Wieder war es im Halbschatten verborgen gewesen. Sie wusste, wie sich das anhörte. Eine alte Frau hatte das Trauma eines nächtlichen Einbruchs nicht verarbeitet, sich selbst verletzt und fühlte sich nun, sogar am anderen Ende der Welt, verfolgt.

»Nein, aber das ist auch unerheblich, denn seit gestern Abend werde ich nicht mehr verfolgt!«

Christiansen sah Frieda fragend an.

»Der Tote! Ich glaube, er war derjenige, der mich beobachtet hat!«

Verblüfft schwieg die Staffkapitänin und Frieda bereutespontan, ihren Verdacht geäußert zu haben.

»Lassen Sie mich ganz offen sprechen, Frau Olsen!«

»Ich bitte darum!«

»Für wie wahrscheinlich halten Sie es, dass Ihnen jemand um die halbe Welt nachreist? Welchen Einblick müsste diese Person in Ihr Privatleben haben, um zu wissen, wo Sie wann hinreisen?«

Christiansen legte eine kurze Pause ein. Sie wollte die alte Dame nicht noch mehr aufregen, als sie es offenkundig bereits war.

Frieda stellte enttäuscht fest, dass die Staffkapitänin ihr nicht glaubte. Bisher hatte sie bei der Besatzung der AIDA-Flotte den Ruf einer exzellenten Ermittlerin genossen. Dieses Bild zerstörte sie gerade selbst!

»Ich bin als Staffkapitänin auch Sicherheitschefin an Bord.«

»Das ist mir bewusst! Ich kenne mich mit der Befehlsstruktur aus.«

Christiansen nickte stumm.

»Als Sicherheitschefin halte ich Ihren Verdacht für äußerst unwahrscheinlich.«

Die objektive und professionelle Sachlichkeit der Staffkapitänin war Frieda sehr sympathisch.

»Glauben Sie mir, ich wäre nicht zu Ihnen gekommen, wenn ich mir nicht sicher wäre.«

»Das glaube ich Ihnen, Frau Olsen! Lassen Sie mich bitte noch etwas anmerken.«

Frieda hörte deutlich das Mitgefühl heraus. Sabine Christiansen sah sie ernst an.

»Ist Ihnen bewusst, dass die von Ihnen geäußerte Vermutung Sie zu einer Verdächtigen macht?«

Frieda nickte.

»Ich habe ein Alibi!«

Die Staffkapitänin hob fragend eine Augenbraue.

»Ich war im Theater!«, sagte Frieda und stockte sofort. Das war überhaupt kein Alibi, denn das Theater war der Tatort. Was war nur los mit ihr?

Beide schwiegen für einen Moment.

»Wir haben die Identität des Opfers natürlich festgestellt und Sie werden verstehen, dass ich Ihnen keine Details nennen darf. Aber um Sie zu beruhigen, kann ich sagen, dass er nicht aus Ihrer Nähe kam, sondern in einem der südlichen Bundesländer beheimatet war. Ich hoffe, diese Information hilft Ihnen, zur Ruhe zu kommen.«

Frieda war überrascht. Sie hatte fest damit gerechnet, dass es sich bei dem Opfer um ihren Verfolger handelte. Damit war ihre Theorie haltlos.

»Glauben Sie mir, Frau Olsen, ich weiß es zu schätzen, dass Sie sich Gedanken machen und helfen wollen, aber wir haben die Situation unter Kontrolle und werten bereits Spuren aus. Mehr darf ich Ihnen nicht mitteilen. Wenn Sie sich an Bord unsicher, beziehungsweise beobachtet oder verfolgt fühlen, so werde ich dem nachgehen. Sie und ich wissen, dass interner Alarm ausgerufen wurde, solange sich der Täter auf dem Schiff frei bewegt.«

Frieda war dankbar für die offenen Worte.

»Nein, es ist schon gut. Offensichtlich habe ich überreagiert!«

Sie würde ihre eigenen Ermittlungen durchführen und wollte keinen Sicherheitsoffizier an ihre Seite gestellt bekommen. Außerdem war das gesamte Sicherheitsteam im Einsatz, um die Sicherheit der Passagiere zu gewährleisten.

»Sind Sie sicher?«, erkundigte sich Christiansen noch einmal.

Frieda sah ihr fest in die Augen und nickte.

Als Frieda eine Stunde später mit Christine Zabel in der Hemingway-Lounge saß, tauchte die Staffkapitänin unvermittelt auf, sah sich suchend um und schien erleichtert, Frieda gefunden zu haben.

Beim Anblick von Christine Zabel zögerte sie kurz.

»Entschuldigen Sie die Störung, aber ich muss Sie, Frau Olsen, bitten, mitzukommen.«

Frau Zabel zuckte mit den Schultern und zügelte ihre Neugier. Frieda warf ihr einen entschuldigenden Blick zu und folgte der Staffkapitänin.

»Was ist passiert?«, fragte sie, als sie sich in einem der Crew-Treppenhäuser befanden.

»Der Kapitän und ich müssen dringend mit Ihnen sprechen. Haben Sie Ihr Handy dabei?«

Frieda runzelte die Stirn und nickte zögerlich.

»Ich habe es ausgestellt!«, antwortete sie. »Schließlich bin ich im Urlaub. Was hat das alles zu bedeuten?«

»Der Kapitän hat mit Ihrem Sohn gesprochen!«

»Sie meinen, Sie bringen mich auf die Brücke, weil mein Sohn mit mir sprechen will? Früher im Kindergarten war das umgekehrt.«

Christiansen ging nicht auf ihren Witz ein.

»Nicht nur, Frau Olsen. Ihr Sohn weiß, wer der Tote ist!«

29

Die beiden Liegen standen eng beieinander. Vom Sonnendeck auf Deck 11 überblickte sie das bunte Treiben auf dem Pooldeck.

Die Whirlpools waren eingebettet in eine Karibikkulisse mit Kunststoffpalmen und halbrunden Strohdächern über den Bars.

Britta Kamener lag in ihrem Bikini auf der Sonnenliege und besah sich ihren 52-jährigen Körper. Sie war zufrieden mit dem Anblick. Die Haut hatte an Spannkraft verloren, was insbesondere beim Eincremen auffiel, aber sie trug immer noch Kleidergröße 38 und fühlte sich in ihrem Körper wohl.

Neben ihr lag die zwei Jahre jüngere Gesche Bellmann. Die Frau, die sie bis vor fünf Tagen noch nie zuvor gesehen hatte. Leicht war es nicht gewesen, jemanden für dieses Unternehmen zu finden. Sie hatte ja schlecht im Internet einen Aufruf starten und sich unterschiedliche Bewerberinnen ansehen können. Sie war äußerst diskret vorgegangen.

Sie hatten sich viel zu erzählen und wechselten immer wieder verstohlene Blicke.

Teilweise fielen sie während ihrer Gespräche ins Flüstern und auch wenn die Atmosphäre herzlich anmutete, so lag doch etwas Unausgesprochenes zwischen ihnen und es war nicht gewiss, ob sich das in Zukunft ändern würde.

»Es ist auch für mich das erste Mal.«

Brittas Stimme zitterte ein wenig.

»Wir haben uns nichts vorzuwerfen!«

»Letzen Endes war es unausweichlich!«, bestätigte Gesche und schob ihre Hand spontan in die ihrer Freundin.

Sofort zog sie sie erschrocken zurück.

»Was, wenn wir zusammen gesehen werden?«

»Denkst du, irgendjemand sieht uns unser Geheimnis an?«

Nach intensiver Musterung ihrer Umgebung versicherten sie sich gegenseitig, dass sie vollkommen unauffällig wirkten, was aber nichts an ihrem schlechten Gewissen änderte.

30

Frieda bemerkte bereits beim Eintreten in das Kapitänsbüro am Gesichtsausdruck des Kapitäns, dass etwas nicht stimmte. Woher konnte Klaas das Mordopfer kennen?

»Frau Olsen, verzeihen Sie bitte die Umstände, aber diese Angelegenheit duldet keinen Aufschub.«

»Sie haben mit Klaas gesprochen?«

Er bot ihr einen Sitzplatz an. Auf allen Schiffen der AIDA-Flotte befanden sich die Kapitänskabine und ein zusätzliches Büro direkt hinter der Brücke.

»Wir möchten uns entschuldigen, dass wir Ihre Beobachtungen nicht ernst genug genommen haben und ich bitte Sie diesbezüglich um Nachsicht, aber ein Mord gehört für uns zum Glück nicht zum Tagesgeschäft.«

Frieda schmunzelte zaghaft und wusste beim besten Willen nicht, worauf er hinauswollte.

»Ihr Sohn hat heute mehrfach versucht, Sie zu erreichen, nachdem er von der Reederei über den Vorfall an Bord der Aura informiert wurde«, bemerkte Staffkapitänin Christiansen.

»Wie ich bereits sagte, habe ich mein Handy ausgestellt, aber bevor ich Klaas anrufe, berichten Sie mir doch bitte, was mein Sohn über die ganze Angelegenheit weiß.«

»Die Ereignisse haben sich in der letzten Stunde überschlagen«, begann der Kapitän.

»Als Ihr Sohn von dem Mord bei uns an Bord erfuhr, hat er erfolglos versucht, Sie zu kontaktieren und schließlich auf der Brücke angerufen. Er berichtete mir, dass der Tote von ihm als Privatdetektiv engagiert wurde, um auf Sie aufzupassen. Offensichtlich hat er sich nach dem Einbruch große Sorgen um Sie gemacht.«

Frieda blieb vor Staunen der Mund offen stehen.

»Er hat was?«, rief sie ungläubig.

»Ich denke, das sollten Sie mit Ihrem Sohn klären. Für uns bedeutet diese Information vorrangig, dass Sie sich in Gefahr befinden.«

Krasnici sah sie ernst an.

»Das bedeutet, ich habe mir das alles nicht eingebildet!«, konstatierte Frieda erleichtert.

»Ja, Sie wurden tatsächlich beschattet! Und jetzt müssen wir davon ausgehen, dass Sie in ernsthafter Gefahr schweben.«

Frieda nickte bedächtig und wusste, worauf Krasnici anspielte.

Wenn derjenige, der Sie beschützen sollte, ermordet wurde, dann war die Schlussfolgerung naheliegend, dass sie das eigentliche Ziel des Mörders war. Bei diesem Gedanken überlief sie ein eiskalter Schauer. Das Grauen, das sie in der Nacht des Einbruchs empfunden hatte, war plötzlich wieder präsent.

»Wie hieß das Opfer?«

»Polk, Johann Polk.«

»Und er war Privatdetektiv?«

Frieda fühlte sich absurderweise verantwortlich für den Tod des Mannes.

Sie wollte etwas sagen, brachte aber kein Wort heraus.

Jetzt nur keine Panikattacke!

Krasnici und Christiansen beugten sich besorgt zu ihr.

»Fühlen Sie sich nicht wohl?«

Konzentriert auf ihre Atmung, presste sie die Antwort zwischen ihren Lippen hervor:

»Oh danke, mir geht es gut. So gut, wie es jemandem gehen kann, der soeben als nächstes Mordopfer tituliert wurde!«

Sabine Christiansen nahm Friedas Hand und sprach ruhig auf sie ein.

»Ich kann nicht nachvollziehen, wie Sie sich im Moment fühlen, aber wir haben bereits Maßnahmen zur Ihrer Sicherheit ergriffen.«

»Maßnahmen? Welche Maßnahmen?«

Frieda hasste es, ihre Selbstbestimmung aberkannt zu bekommen. Was auch immer das für Maßnahmen waren, sie würde an deren Planung und Durchführung teilhaben und letzten Endes selbst entscheiden! Das hätte auch Klaas wissen müssen!

»In Absprache mit Ihrem Sohn halten wir es für das Beste, Sie in Mahé auszuschiffen. So können wir Ihnen eine sichere Heimreise garantieren und hier an Bord weiter ermitteln.«

»In Absprache mit meinem Sohn?«

Friedas Stimme klang schriller als beabsichtigt und sie ermahnte sich zur Ruhe.

»Sehr geehrter Kapitän, dies ist Ihr Schiff und ich bin mir durchaus bewusst, das Sie die Entscheidungen treffen. Dennoch bin ich weder entmündigt noch leide ich unter Verfolgungswahn! Ich fühle mich durchaus imstande, die Gefahr einzuschätzen und meine eigene Entscheidung zu treffen!«

Christiansen wandte sich einfühlsam an Frieda.

»Ich kann Ihren Unmut verstehen, Frau Olsen, aber letzten Endes muss der Kapitän im Interesse der Sicherheit der Passagiere diese Entscheidung treffen.«

»Sie verweisen mich von Bord?«

»Von verweisen kann keine Rede sein!«, mischte sich Krasnici ein.

»Sie fühlen sich von Ihrem Sohn bevormundet, aber bei allem nötigen Respekt, Frau Olsen, darauf kann ich keine Rücksicht nehmen!«

Frieda wusste natürlich, dass die Würfel längst gefallen waren und sie sich dem Befehl des Kapitäns fügen musste. Und wenn sie ehrlich war, blieb ihm keine andere Wahl. Natürlich lag die Ursache ihres Ärgers in der Tatsache, dass Klaas über ihren Kopf hinweg Entscheidungen getroffen hatte, die ihr Leben betrafen.

Aber es war keineswegs garantiert, dass der Mörder gefasst würde. Er konnte jederzeit wieder zu ihr nach Kiel kommen, vielleicht sogar erneut in ihre Wohnung eindringen! Der Gedanke daran ließ ihren Puls sofort wieder hochschnellen.

»Die Sicherheit, die Sie mir vorgauklen, ist trügerisch!«, warf sie dem Kapitän vor.

»Sollte der Mörder nicht gefasst werden, wäre ich nach Ende der Reise wieder der Gefahr ausgesetzt!«

Krasnici nahm sich etwas zurück. Als Kapitän war er es nicht gewohnt, seine Befehle zu diskutieren.

»Wir sind zuversichtlich, dass wir den Mörder hier an Bord ausfindig machen!«

»Vielleicht sind es ja zwei Mörder oder eine Mörderin?«

Frieda registrierte durchaus, dass diese Äußerung spitzfindig war, aber sie fühlte sich wie ein Spielball, dessen Flugbahn sie weder selbst bestimmen noch vorhersehen konnte.

»Wie Sie wissen, habe ich einige Erfahrung mit Mordermittlungen!«

Krasnici nickte und Staffkapitänin Christiansen versuchte erneut, den Druck aus dem Gespräch herauszunehmen.

»Wir sind uns Ihrer Fähigkeiten bewusst, Frau Olsen, aber in diesem Fall sind Sie ein potentielles Opfer. Deshalb müssen Sie aus der Schusslinie, denn alles andere wäre fahrlässig. Bitte verstehen Sie das.«

Frieda nickte ergeben.

»Möchten Sie, dass ich eine Verbindung zu Ihrem Sohn herstellen lasse?«, fragte Krasnici versöhnlich.

»Danke, aber ich rufe ihn von meiner Kabine aus an!«

»Wir werden morgen in Mahé anlegen. Bis dahin stehen Ihnen rund um die Uhr zwei meiner Sicherheitsoffiziere zur Seite.«

Frieda fügte sich. Ihr blieb nichts anderes übrig, als sich zu bedanken, schließlich waren der Kapitän und seine Stellvertreterin ernsthaft um ihre Sicherheit besorgt.

Aber über all dem hing die Frage, die der Lösung des Falles die entscheidende Richtung geben würde.

Warum? Womit hatte sie einem Mörder ein Motiv gegeben? Weshalb musste der Privatdetektiv sterben? Hätte der Mörder nicht in den 10 Tagen vor der Reise genügend

Möglichkeiten gehabt, ihr in Kiel zu schaden? Warum hatte er gewartet, bis sie an Bord des Schiffes gegangen war?

Sabine Christiansen fühlte mit Frieda und versetzte sich in ihre Lage. Wie erniedrigend musste es sein, von Entscheidungen, die die eigene Person betrafen, ausgeschlossen zu werden! Sie hatte sich die internen Reedereiberichte über die Morde auf der AIDAluna und AIDAbella sehr genau durchgelesen und war von der Kombinationsfähigkeit der alten Dame beeindruckt. Sie hatte sich in die Rolle der Ermittlerin hineinversetzt und Frieda Olsen Respekt gezollt. Sie war ein Vorbild für viele selbstbestimmte Frauen und nun hatte ihr eigener Sohn es zu verantworten, dass sie die bisherige Reise ängstlich und an ihrem Verstand zweifelnd, verbracht hatte.

»Sie würden mir sehr behilflich sein, wenn ich mich bis dahin mit Ihnen über den Fall unterhalten kann. Ich wäre für jeden Hinweis oder Tipp dankbar!«, wandte sie sich an Frieda.

Es klopfte an der Tür und der griechische Sicherheitschef Stavros Brokalakis trat ein.

»Das sollten Sie sich anhören!«, sagte er und winkte einen alten, weißhaarigen Mann ins Büro, den Frieda sofort erkannte.

Hermann Seitz schien zusätzlich zu seinen 91 Jahren über Nacht um ein viertel Jahrhundert gealtert zu sein. Seine Schultern hingen kraftlos herab, sein Haar war ungekämmt und seine Kleidung zerknittert.

Sein Blick allerdings strahlte Entschlossenheit aus.

»Nicht jetzt, Stavros!«, fuhr Christiansen dazwischen, aber Hermann Seitz schob sich mit einer sanften

Aufdringlichkeit zwischen der Tür und dem Sicherheitschef hindurch.

»Verzeihen Sie, Herr ….« Krasnici stockte.

»Seitz, Hermann Seitz!«, stellte dieser sich vor und suchte Halt an dem Stuhl, der ihm am nächsten stand.

»Herr Seitz, unser Sicherheitschef steht Ihnen gern zur Verfüg …«

Krasnici wurde von dem alten Herrn unterbrochen.

»Ich bin hier, um einen Mord zu gestehen!«

Im nächsten Moment wankte er, stürzte zu Boden und verlor das Bewusstsein.

31

Damit hatte niemand gerechnet.

Im Kapitänsbüro herrschte absolute Stille.

Nach einer Schrecksekunde sprangen Krasnici und Brokalakis zu Hermann Seitz und brachten ihn in die stabile Seitenlage, während Christiansen den Schiffsarzt rief.

Dr. Offen war binnen drei Minuten mit seinem Team vor Ort.

Seitz erlangte das Bewusstsein nicht zurück, sodass Dr. Offen ihn an einen Tropf legte und hinunter ins Bordhospital bringen ließ, um ihn dort zu versorgen.

Christiansen schickte Brokalakis und zwei weitere Offiziere ins Bordhospital. Sobald Dr. Offen es zuließe, würde sie mit Seitz sprechen. Schließlich war er ein geständiger Mörder, den es trotz seines hohen Alters zu bewachen galt.

Frieda hing derweil ihren Gedanken nach.

Das Geständnis des alten Mannes war eine absolute Überraschung und warf statt der erhofften Lösung nur noch mehr Fragen auf.

Frieda war sich sicher, dass Hermann Seitz nichts mit dem Mord im Theater zu tun hatte. Um das zu beweisen, musste sie an Bord bleiben und an den Ermittlungen beteiligt werden.

Es war ein Spagat und Frieda wägte sorgfältig das Für und Wider ab. Nur sie wusste von dem Treffen im Grand Hotel, bei dem es um diesen von Seitz gestandenen Mord aus früheren Zeiten gegangen war. Würde sie dem Kapitän davon berichten, hieße das für sie, in Mahé ausgeschifft zu werden.

Aber musste sie ihr Wissen nicht teilen, damit die Suche nach dem Mörder fortgesetzt werden konnte? Und wollte sie tatsächlich im Angesicht dieser Gefahr für ihr Leben die Reise fortsetzen?

Friedas Gegenspieler war die Zeit und sie hoffte, dass Hermann Seitz bis zum Ablegen auf den Seychellen nicht vernehmungsfähig sein würde.

Und dann kam ihr ein anderer Gedanke.

Was, wenn Hermann Seitz nicht wieder aufwachte oder sein Gesundheitszustand die Überweisung in ein Krankenhaus auf den Seychellen verlangte? In diesem Fall würde der Kapitän davon ausgehen, dass keine Gefahr mehr für Frieda bestünde.

In diesem Moment ergriff Krasnici das Wort.

»Unter diesen Umständen denke ich, dass wir darauf verzichten, Sie auszuschiffen. Die Gefahr ist offensichtlich vorüber.«

Frieda konnte ihm seinen Irrtum nicht verdenken. Weshalb sollte er davon ausgehen, dass an Bord seines Schiffes jemand einen Mord gesteht, der nicht an Bord stattgefunden hatte?

»Ich würde gern helfen, herauszufinden, welches Motiv den Hintergrund für die Tat darstellt.«, wandte sie sich an Staffkapitänin Christiansen.

»Ich denke, das sind wir Ihnen schuldig und wie gesagt, ich bin der Ansicht, Sie können uns eine große Hilfe sein.«

Mit einem Blick rückversicherte sie sich bei Krasnici, der zustimmend nickte.

Im nächsten Moment knackte das Funkgerät des Kapitäns.

»Der Patient hat einen Schlaganfall erlitten. Wir müssen eine medizinische Notausschiffung im nächsten Hafen veranlassen!«

Dr. Offens Stimme klang dringlich.

Sofort gab Krasnici Anweisungen und Staffkapitänin Christiansen eilte zur Brücke.

Damit war das von Frieda befürchtete Worst-Case-Szenario eingetreten. Seitz würde in Mahé im dortigen Krankenhaus behandelt werden und für den Kapitän war der Fall abgeschlossen.

Aber jetzt gab es für sie kein Zurück mehr!

»Wir steuern mit voller Kraft voraus Mahé an. Ich denke, wir werden kurz vor Mitternacht dort anlegen.«, informierte Krasnici Frieda und verabschiedete sie aus seinem Büro.

»Staffkapitänin Christiansen wird sich mit Ihnen in Verbindung setzen!«

Frieda nickte und ging auf direktem Weg in ihre Suite. Sie stellte fest, dass die Angst immer noch ihr Begleiter war.

Der Bug der AIDAaura pflügte mit knapp 20 Knoten durch die Dünung des Indischen Ozeans, Mahé auf den

Seychellen entgegen. Per Funk hatte Schiffsarzt Dr. Offen die medizinische Notausschiffung angekündigt, sodass ein Notarztwagen am Pier bereitstehen würde und der Hafenlotse der Aura Vorrang gäbe.

32

PEENEMÜNDE-WEST, VERSUCHSSTELLE DER LUFTWAFFE KARLSHAGEN, 1945

Er wurde unfreiwillig Zeuge der lautstarken Auseinandersetzung zwischen seinem Onkel und Oberstabsfeldwebel Rint.

»Der Befehl aus Berlin ist eindeutig!«, rief Rint fanatisch.

»Bei allem Respekt für die Herren in Berlin, Oberstabsfeldwebel, aber wir sind froh, wenn wir die nächste Woche noch erleben!«

Seit Wochen war abzusehen, dass der Krieg verloren war. Der Iwan stand kurz davor, die Oder zu überqueren. Die Nachrichten von der Front verhießen nichts Gutes.

»Glauben Sie im Ernst, dass Sie damit noch irgendetwas bewirken?«

»Zweifeln Sie am Befehl des Führers?«, erkundigte sich Rint mit gefährlichem Unterton.

»Das Einzige, woran ich mittlerweile nicht mehr zweifle, ist mein Hausverstand.«

»Ich verlange, dass Sie mir genügend Männer zuteilen, damit ich den Befehl des Führers ausführen kann!«

»Als Intendant dieser Luftfahrteinrichtung stehe ich im Rang eines Hauptmanns, Oberstabsfeldwebel Rint!«

Damit machte sein Onkel deutlich, dass er der ranghöhere Offizier war.

»Meine Befehle kommen direkt aus Berlin!«, hörte Hermann die aufgebrachte Stimme von Rint.

»Kommen im Grunde genommen nicht alle Befehle aus Berlin, Oberstabsfeldwebel?«

»Sie verweigern sich also?«

»Für Sie, Oberstabsfeldwebel Rint, heißt das Hauptmann! Und ich habe nichts von Rühren gesagt!«

Selten hatte Hermann seinen Onkel mit einer solchen Strenge in der Stimme erlebt. Rint stand sofort stramm und versuchte dennoch, sich zu behaupten.

»Ich werde mich persönlich in Berlin über Sie beschweren!«

»Tun Sie das, aber bis dahin wird der Iwan uns längst überrannt haben!«

»Sie lassen den Feind kampflos einmarschieren?«

»Sehen Sie hier irgendwo eine Front?«

»Ich werde die Kapos verpflichten!«, drohte Rint.

»Die Kapos sind ihren Mithäftlingen gegenüber zwar skrupellos, aber selbst die bekommen Sie nicht dazu, andere Gefangene zu erschießen!«

»Wir werden sehen, was ...«

Bevor Rint seinen Satz beenden konnte, kam der Befehl:

»Abtreten!«

Hermanns Onkel wusste, es war längst überfällig, sich dem ganzen Wahnsinn entgegenzustellen, unabhängig davon, ob der Krieg verloren war oder nicht.

Da sich der Großteil des Stabes bereits auf den Weg in den Westen gemacht hatte, war Rint als Oberstabsfeldwebel der zweithöchste Offizier auf dem Flughafengelände. Er könnte in diesen letzten Tagen gefährlich werden.

»Jetzt weiß ich wenigstens, woran ich bin!«, entgegnete Rint mit zusammengekniffenen Augen und ging.

Hermann verharrte noch einige Zeit im Flur hinter dem Büro seines Onkels, bevor er sich räuspernd bemerkbar machte.

»Wieso müssen die Fremdarbeiter sterben?«

Sein Onkel sah ihn resigniert an.

»Der Krieg ist das größte Ventil für die Grausamkeit der Menschen!«

Hermann wartete auf eine weitere Erklärung, aber sein Onkel schwieg und starrte aus dem Fenster auf die Landepisten und ein paar verbliebene Heinkel 111.

»Kannst du sie retten, Onkel?«, fragte Hermann. Ihm war die Grausamkeit des Befehls aus Berlin bewusst.

»Ich hoffe, ich kann dich und deine Mutter retten«, kam die Antwort und dann verließ sein Onkel das Büro und Hermann war allein.

Was auch immer seine Intention war, er öffnete die Schublade, in der die Luger seines Onkels lag und nahm die Waffe an sich. Der kalte Stahl in seiner Hand kam ihm wie ein Vorzeichen des Todes vor.

Der Schuss hallte in der Morgendämmerung noch einige Zeit in seinen Ohren nach.

Hermann war genauso erschrocken wie der Oberstabsfeldwebel, der mit offenen und ungläubigen Augen vor ihm zusammensackte.

Er ließ seine Pistole fallen und hielt sich mit beiden Händen den Bauch. Zwischen seinen Fingern quoll Blut hervor.

Rint lag zusammengekrümmt im Staub. Es drangen nur gurgelnde Laute aus seinem Mund.

Im Osten ging über den Dünen die Sonne auf und tauchte den Himmel in ein wunderschönes Orange. Es dauerte fast 30 Minuten, bis Rint sein Leben ausgehaucht hatte.

30 Minuten, die Hermann für den Rest seines Lebens nicht vergessen würde. Nicht ein einziges Mal wandte er den Blick vom sterbenden Oberstabsfeldwebel ab.

Regungslos blieb Hermann vor der Leiche stehen und starrte in die offenen, blicklosen Augen. Dann übergab er sich immer und immer wieder, bis jeder Atemzug seinem Magen Krämpfe bereitete.

»Hermann, was hast du getan?«

Hinter ihm ertönte die Stimme seines Onkels. Er sah auf die Leiche des Oberstabsfeldwebels und die Waffe, die immer noch in Hermanns Hand lag.

»Gib mir die Pistole!«, sagte er sanft, aber bestimmt.

Wortlos reichte er seinem Onkel die Luger und brach dann weinend vor ihm zusammen.

»Er wollte sie alle töten, Onkel. Alle!«

Die Tränen rannen sturzbachartig aus Hermanns Augen und liefen an seinem Gesicht herab.

»Der Schuss hat sich einfach gelöst.«, schluchzte er.

Sein Onkel gab ihm eine schallende Ohrfeige.

»Du verlierst darüber kein Wort. Ist das klar?«

Hermann nickte schwach.

»Du läufst nach Hause und sagst deiner Mutter, dass sie packen soll. Wir verlassen in zwei Stunden den Flughafen!«

Hermann sah seinen Onkel schockiert an.

»Jetzt!«, befahl dieser.

Während Hermann die 500 Meter zurück in die Siedlung rannte, zerrte sein Onkel die Leiche des Oberstabsfeldwebels in die Baracke unter einen der dort abgestellten Holzschlitten.

Er war nicht bereit, seinen 14-jährgen Neffen in diesen letzten Kriegstagen zu opfern.

Irgendjemand würde Fragen stellen und er musste dafür sorgen, dass seine Schwester mit ihrem Sohn in den Westen kam, bevor der Russe einmarschierte.

Er hatte Befehl, die gesamte Flughafen- und Versuchsanlage zu sprengen. Aber gleichzeitig schickten die Verrückten aus Berlin jeden noch so jungen Kerl, der eine Mistgabel halten konnte, als Kanonenfutter an die Front. Diese sinnlose Grausamkeit war bezeichnend für die Menschenverachtung des Systems, dem er in diesen Krieg gefolgt war.

Zu Beginn hatte hier in Peenemünde Pioniergeist geherrscht und die Wissenschaftler, Piloten und Forscher um Wernher von Braun waren nach dem Motto *»wir greifen zu den Sternen«* hochmotiviert gewesen.

Doch sehr schnell war den Nazigrößen bewusst geworden, welches Potential die Luftwaffe und die Heeresversuchsanstalt in Peenemünde bot.

Allen voran hatte der spätere Reichsmarschall Göring das Oberkommando der Luftwaffe für sich beansprucht.

Hermanns Onkel war nie an der Front gewesen und hatte in diesem Krieg niemanden töten müssen. Dennoch fühlte er sich schuldig.

Alles, was in den beiden Lagern Karlshagen 1 und 2 vor sich gegangen war, hatte er gebilligt. Ohne Zweifel verdiente er seine Strafe, aber der Junge?

Er zollte seinem 14-jährigen Neffen größten Respekt und beneidete ihn um seine Gradlinigkeit. Selbstlos hatte er sich für hilflose Menschen eingesetzt und sich einem skrupellosen Offizier entgegengestellt.

Aber er wusste, dass sein Neffe ein Leben lang dafür büßen würde.

Am Vormittag des 3. Mai 1945 brach Hermann Seitz in Begleitung seiner Mutter und einiger anderer Frauen aus der Flughafensiedlung mit einem alten Henschel D1 in Richtung Westen auf.

Bei Schwerin wurden sie aufgehalten. Eine zerbombte Straße zwang den kleinen Trupp, alle größeren Gegenstände auf dem LKW zurückzulassen und sich zu Fuß, nur das Allernötigste tragend, nach Lübeck aufzumachen. Niemand wusste, wie weit der Iwan entfernt war.

Sein Onkel blieb in Peenemünde zurück. Er wollte die Sprengung der Anlagen und vor allen Dingen der unterirdischen Versuchslabore vornehmen, wurde jedoch, als die Rote Armee die Frontlinie durchbrach, bei der Verteidigung des Flughafens erschossen.

Die Sprengung hatte er nicht mehr einleiten können.

Nur Stunden nach der Einnahme des Flughafengeländes traf eine sowjetische Expertenkommission ein, um die

Versuchslabore und Startrampe in die Sowjetunion abzutransportieren.

Einer jener jungen Wissenschaftler, Michail Klawdijewitsch, der mit seinen 32 Jahren bereits als Leiter der Forschungsgruppe für reaktiven Antrieb arbeitete, stieß in einem verlassenen Büro des Versuchsgeländes auf Dutzende von Blaupausen, die allesamt von Wernher von Braun unterzeichnet waren. Trotzdem er des Deutschen nicht mächtig war, sprachen die Formeln und Zeichnungen die universelle Sprache der Mathematik und Physik.

Schon beim ersten Durchblättern war ihm bewusst, welches wissenschaftliche Potential in diesen Seiten steckte.

Er nahm die Mappe an sich und führte sie in keiner der Listen, die an das Rüstungsministerium in Moskau gingen, auf.

Im Jahre 1951 veröffentlichte Michail Klawdijewitsch einen Artikel über die bahnbrechende Theorie eines Fluges zum Mond, der lediglich in der Sowjetunion Beachtung fand, nicht jedoch in den wissenschaftlichen Kreisen des Westens, was dem Kalten Krieg geschuldet war.

Klawdijewitsch war in den frühen 1960er Jahren einer der Entwickler des sowjetischen Raumfahrtprogramms mit dem Satelliten Sputnik 1 und der sogenannten Wostok-Schiffe. Dabei handelte es sich um bemannte Raketen, von denen eine Juri Gagarin 1961 als ersten Menschen ins Weltall beförderte.

Als Klawdijewitsch 1974 in Moskau im Sterben lag, sinnierte er über sein Leben und ob es wohl die gleiche

Wendung genommen hätte, wenn damals der Flughafen in Peenemünde gesprengt worden wäre.

Welchen Einfluss auf die Weltgeschichte hätte es gehabt, wenn das Schicksal ihn nicht dazu auserwählt hätte, 1945 in den alten Schrank des unterirdischen Büros in Peenemünde zu sehen?

Mit seinen letzten Atemzügen wies er seine langjährige Haushälterin an, Dutzende vergilbter und brüchiger Blaupausen in dem alten Küchenofen zu verbrennen. Sie führte den Auftrag geflissentlich aus.

33

Obwohl Frieda wusste, dass Klaas aus Sorge um sie gehandelt hatte, war das Telefonat mit ihm kurz und knapp. Als er versuchte, sich zu rechtfertigen, unterbrach sie ihn.

»Mich im Unklaren über die Überwachung durch einen Privatdetektiv zu lassen, war übergriffig und respektlos. Damit hast du mir und unserer Beziehung Schaden zugefügt! Ich lege jetzt auf und melde mich bei dir, wenn ich diesen Vertrauensmissbrauch verdaut habe.«

Nie zuvor war sie so wütend auf Klaas gewesen! Ihr nächstes Zusammentreffen würde in 5 Wochen sein und Frieda war sich sicher, dass ihr Ärger bis dahin verraucht wäre.

Kurz vor 18 Uhr rief Staffkapitänin Christiansen sie an und fragte, ob ein Security-Offizier sie abholen und auf Deck 3 geleiten dürfe und Frieda bejahte dies erleichtert.

In Begleitung eines Crewmitglieds fühlte sie sich sicher.

Der Security-Room befand sich hinter dem Bordhospital und war kleiner als die auf den anderen Schiffen der AIDA-Flotte.

Von hier konnten alle Bereiche des Schiffes auf den Monitoren gesehen werden.

»Gibt es Neuigkeiten über den Gesundheitszustand von Hermann Seitz?«, erkundigte Frieda sich.

Sie hoffte, der alte Mann würde sich wieder erholen, allerdings war ihr auch bewusst, dass ein Schlaganfall in dem Alter große körperliche und geistige Einschränkungen oder sogar den Tod bedeuten konnte.

»Tut mir leid, aber das unterliegt der ärztlichen Schweigepflicht!«, antwortete Christiansen pflichtbewusst.

»Entschuldigung, aber ich habe nicht nach einer Diagnose gefragt, sondern lediglich nach seinem Befinden!«

»Sorry, Frau Olsen! Ich habe nur gerade überlegt, wie wir Sie hier an Bord einbinden. Es geht Herrn Seitz den Umständen entsprechend gut. Sein Zustand hat sich in den letzten Stunden nicht verschlechtert.«

»Das freut mich zu hören! Auf der Bella und Luna war ich dem jeweiligen Schiffsarzt als Seelsorgerin unterstellt.«

Christiansen nickte.

»Das habe ich recherchiert, aber unser Schiffsarzt Dr. Offen hat das abgelehnt.«

Frieda hob überrascht die Augenbrauen.

»Er sieht darin keine Notwendigkeit, da der Mörder gestanden hat und die Suche nach einem Motiv seiner Ansicht nach Sache der Behörden ist. Außerdem galten Sie als potentielles Ziel eines Anschlages. Und auch, wenn die Gefahr gebannt scheint, so lehnt er es ab diese Verantwortung zu übernehmen.«

Darüber hatte sie sich keine Gedanken gemacht. Natürlich war die Abteilung, der sie auf dem Schiff unterstellt würde, für sie verantwortlich. Sie wusste, dass an Bord eine strenge Hierarchie befolgt werden musste.

»Da ich als Staffkapitänin sowieso für Ihre Sicherheit an Bord verantwortlich bin, überlege ich, Sie vorübergehend einzugliedern und zwar als meine persönliche Beraterin!«, verkündete Sabine Christiansen.

»Ihre Beraterin?«, hakte Frieda ungläubig nach. »Wie soll ich Sie beraten?«

»Sie beraten mich in allen Fragen rund um die Mordermittlung!«

Frieda staunte und spürte eine freudige Erregung. Es war das erste Mal, dass sie offiziell in einem Mordfall als Beraterin tätig sein durfte. Sie fühlte sich geehrt und wertgeschätzt. Hatte Kapitän Krasnici vor einigen Stunden noch verlauten lassen, dass sie sich nicht in die Ermittlungen einmischen solle, so unterstand sie jetzt direkt dem Kommando der Staffkapitänin.

»Es freut mich, dass Sie eine Möglichkeit gefunden haben, mich offiziell einzubinden«, bedankte Frieda sich artig und konnte ihre Ungeduld nicht weiter zügeln.

»Ich würde gern so schnell wie möglich die Aufnahmen der Kameras aus dem Theater auswerten!«

Christiansen bremste Frieda aus.

»Hier auf der Aura sind die technischen Gegebenheiten anders als auf der Bella und der Luna. Die Aura ist fast 20 Jahre alt und bei der Planung des Schiffes war die Technik der Videoüberwachung noch nicht so ausgereift wie heute.«

»Das heißt?«, fragte Frieda ernüchtert und ahnte bereits, dass es keine Aufnahmen gab.

»Hier werden zwar die meisten öffentlichen Bereiche videoüberwacht, aber eben nicht alle.«

Frieda überlegte fieberhaft.

»Wie wollen wir beginnen, Frau Christiansen?«

»Ich denke, Sie sollten mich erst einmal auf den aktuellen Stand Ihrer Schlussfolgerungen bringen.«

Frieda staunte, wie wenig die Crew um die Staffkapitänin bisher in Erfahrung gebracht hatte. Lediglich der Bericht des Schiffsarztes, in dem die Todesursache und der Todeszeitpunkt vermerkt waren, lag vor.

Aufgrund der fehlenden Videoüberwachung war ohne aufwendige Befragungen nicht festzustellen, welche Passagiere die Travestie-Show von Elke Winter besucht hatten.

»Es hätte nach der Entdeckung des Mordes jeder Gast im Theater registriert werden müssen und ebenfalls die Besucher der Restaurants und Bars. Dann wäre der Täterkreis eingegrenzt.«

Christiansen war es nicht gewohnt, von jemand anderem als dem Kapitän Befehle oder Kritik zu erhalten.

Frieda beschwichtigte sofort:

»Entschuldigung, ich wollte Ihnen nicht zu nahe treten.«

»Ich verstehe nicht ganz, Frau Olsen. Der Mord ist aufgeklärt. Wir versuchen lediglich, die Hintergründe in Erfahrung zu bringen. Das hier ist keine Mordermittlung mehr!«

Christiansen runzelte die Stirn.

Frieda blieb nicht anderes übrig, als ihre Karten offenzulegen. Selbst auf die Gefahr hin, dass sie doch noch ausgeschifft würde.

»Ich habe starke Zweifel an der Theorie, dass es sich bei Herrn Seitz um den Mörder von Johann Polk handelt!«

Jetzt machte die Staffkapitänin große Augen.

»Das ist keine Theorie, Frau Olsen, sondern Fakt! Er hat vor Zeugen ein Geständnis abgelegt! Und zwar vor dem Kapitän, Ihnen, Security Chief Brokalakais und mir!«

»Wir haben nur gehört, dass er einen Mord gestanden hat!«, präzisierte Frieda.

»Worauf wollen Sie hinaus?«

»Wenn wir alle Details, Ereignisse und Beobachtungen zusammenführen, erscheint es mir fraglich, dass Hermann Seitz von dem Mord an dem Privatdetektiv gesprochen hat.«

»Sie wollen damit sagen, es hätte noch einen Mord gegeben?«

Frieda nickte und erzählte, was sie in Antsiranana im Grand Hotel gesehen und gehört hatte.

»Deshalb denke ich, dass Hermann Seitz im Begriff gewesen war, ein altes, längst vergangenes Verbrechen zu gestehen. Unglücklicherweise erlitt er einen Schlaganfall, bevor er uns seine Geschichte erzählen konnte.«

»Weshalb haben Sie das in der Unterredung mit dem Kapitän nicht gesagt?«

»Die Ereignisse überschlugen sich und bevor ich etwas sagen konnte, musste der Kapitän die medizinische Notausschiffung vorbereiten und schickte mich in meine Kabine. Erst jetzt habe ich die Gelegenheit, Sie zu informieren!«

»Sie wissen, was das bedeutet?«

Frieda nickte.

»Deshalb habe ich immer noch Angst!«

»Ja, Sie befinden sich weiterhin in Gefahr! Ich muss den Kapitän darüber informieren!«

Christiansen griff zum Funkgerät, als Frieda mit einer Geste bat, zu warten.

»Ich habe einen Plan!«, verkündete sie und legte dar, was sie sich überlegt hatte.

Sie würde sich demonstrativ öffentlich zeigen und an allen gut besuchten Orten verlauten lassen, dass sie am späten Abend die Sauna aufsuchen würde. Der Spa-Bereich wurde während der Restaurantöffnungszeiten für das Abendessen nur sehr wenig besucht. Das wäre eine gute Gelegenheit für den Täter.

»Die Durchführung dieses Plans werden weder ich noch der Kapitän genehmigen!«

»Sie hätten natürlich einen Lockvogel und verstecktes Securitypersonal in der Sauna! Dann könnte die Falle zuschnappen, während ich mich in der Sicherheit meiner Suite befinde.«

Die Staffkapitänin spielte das Szenario im Kopf durch.

»Ich werde mich mit dem Kapitän darüber beraten!«

»Außerdem sollten wir alle außergewöhnlichen Ereignisse und Beobachtungen der letzten Tage zusammentragen und versuchen, diese als Puzzlestücke zu sehen. Ein Puzzle, von dem wir weder wissen, wieviele Teile es hat, noch welches Bild es ergeben wird.«, fuhr Frieda fort.

»Was für Begebenheiten meinen Sie?«, erkundigte sich Christiansen interessiert.

»Einfach alles, was vom Alltag auf einem Kreuzfahrtschiff abweicht! Zum Beispiel die vermeintliche Mann-über-Bord-Sichtung von Christine Zabel!«

»Wir haben das mit den Bordkameras gecheckt. In der Dunkelheit war nicht viel zu sehen.«

»Ich habe das nur als Beispiel für eigenartige Begebenheiten angeführt und wir wissen doch beide, dass die Aufnahmen der Deckskameras bei Nacht von sehr schlechter Qualität sind.«

Christiansen nickte zustimmend.

»Bis dahin stelle ich Ihnen jemand zur Seite«, sagte sie und griff zu ihrem Funkgerät.

Kurze Zeit später kam ein Securityoffizier herein. »Das ist Pavel Slobowicz, er wird sich ständig in Ihrer Nähe aufhalten!«

Frieda sah ihren Bodyguard an und fasste sofort Vertrauen zu ihm.

»Offizier Slobowicz, ermöglichen Sie Frau Olsen Zugang zu allen Bereichen und Daten!«

Damit verabschiedete sich die Staffkapitänin, um mit dem Kapitän die neuesten Entwicklungen zu besprechen und ließ Frieda mit Slobowicz zurück im Security-Room.

34

Vor 3 Wochen hatte es begonnen und jetzt musste es zu Ende gebracht werden.

So war der Plan.

Die Sauna war der ideale Ort.

In den Abendstunden würde es dort leer sein und eine bessere Gelegenheit würde sich nicht bieten.

Wann, wenn nicht jetzt?

Sie studierte auf dem Bordplan den Weg von ihrer Kabine zum Spabereich und wieder zurück.

Natürlich schämte sie sich, aber es war ein seit langer Zeit unterdrückter Drang, dem sie endlich nachgeben wollte. Anfangs war sie schockiert über diese Gedanken gewesen, konnte und wollte sie nun jedoch nicht mehr verdrängen.

Sie stellte sich vor, wie sie Hand an sie legen würde. Ihre Atmung würde ihr zeigen, wann es soweit war. Darum ging es ihr, das war der Motor hinter ihrem Trieb.

35

Frieda sah sich im Securityroom die Aufnahmen der Überwachungskameras an.

Zwar war ein reger Besucherstrom zum und vom Theater zu sehen, aber bei knapp 1000 Personen, die dort Platz fanden, war es unmöglich, jemanden auszumachen, der sich auffallend oft in der Nähe des Opfers befunden hatte.

Wer auch immer den Mord begangen hatte, musste ein Messer bei sich getragen haben, mit dem er umzugehen wusste.

Slobowicz zeigte ihr beflissen alle Aufzeichnungen, auch die aus der Nacht, als Christine Zabel den Mann-über-Bord-Alarm ausgelöst hatte.

Frieda erinnerte sich an Christiansens Worte, dass mit viel Phantasie ein Schatten zu sehen war.

Sie ließ sich die Aufnahme in Zeitlupe und Vergrößerung zeigen, doch waren Nachtaufnahmen von der Auflösung her immer sehr körnig und für eine Zoomfunktion nicht geeignet.

Sie sah Slobowicz an. »Nach was sieht das für Sie aus?«

Er runzelte die Stirn.

»Der Schatten?«

»Ja, könnte das ein Mensch sein?«

Er schüttelte den Kopf.

»Normalerweise ja, aber in diesem Fall unwahrscheinlich!«

Seinen Akzent konnte Frieda nicht zuordnen. Außerdem war er zwar hilfsbereit, aber seine Antworten fielen sehr knapp aus.

»Wieso?«, hakte Frieda nach.

»Weil niemand an Bord fehlt!«

»Also doch ein Kleidungsstück?«

Slobowicz fuhr seit 8 Jahren zur See und wusste, dass die Nachtaufnahmen der Videokameras sehr trügerisch sein konnten.

»Das könnte alles mögliche sein. Ein auf dem Balkon vergessenes Handtuch oder eine Decke, die vom Wind erfasst wurde oder dergleichen.«

Frieda dachte daran, dass letztes Jahr auf der Reise mit der AIDAbella ein über Bord geworfener Bademantel für einen menschlichen Körper gehalten wurde und eine Suchaktion nach sich gezogen hatte. Sie nickte nachdenklich.

Einen Zusammenhang zwischen dem Mord und der Beobachtung von Christine Zabel ließ sich nicht herstellen. Es war nur das Gefühl, dass unglückliche Zufälle meistens von Bedeutung waren.

»In ein paar Jahren gehört all das der Vergangenheit an, dann werden die Schiffe mit Wärmebildkameras ausgestattet sein.«, erklärte der Security-Offizier und Frieda stellte erleichtert fest, dass er auftaute.

»Können wir sehen, wer um die fragliche Zeit, also zehn Minuten vor und nach der Meldung von Frau Zabel, auf dem Schiff unterwegs war?«

Slobowicz bestätigte das mit einem Kopfnicken, drückte einige Tasten und klickte mit der Maus auf dem Monitor, bis Frieda viele kleine Fenster mit den öffentlichen Bereichen, die mit Kameras ausgestattet waren, sehen konnte. Vor den Fahrstühlen auf Deck 8 tummelten sich einige Gäste, die augenscheinlich aus der AIDA-Bar gekommen waren. Sie schienen ausgelassen und in Feierlaune zu sein. Einige tanzten vor den Aufzügen und hatten gar nicht vor, einzusteigen, sondern feierten einfach weiter. Die AIDA-Bar selbst war sehr gut besucht und es herrschte auch zu dieser späten Stunde ein Kommen und Gehen. Getreu dem Motto »*Sie haben Urlaub*« ließen die Gäste keine Möglichkeit aus, sich zu amüsieren. Frieda kannte das von den anderen Schiffen, allerdings hatte sie vermutet, dass es auf der Aura beschaulicher zuginge, aber die geringere Anzahl an Passagieren tat der Partylaune keinen Abbruch.

Auf einem Bildschirm sah sie die Anytime-Bar und die dazugehörige Terrasse im Heck auf Deck 10. Dort tanzten circa hundert Gäste in der warmen Nachtluft des Indischen Ozeans unter dem freien Himmelszelt.

Frieda wunderte sich, wie viele Menschen bis in die frühen Morgenstunden auf dem Schiff unterwegs waren.

»Unter Berücksichtigung der Geschwindigkeit des Schiffes und der Position, von wo aus Frau Zabel gesehen haben will, dass ein Körper ins Wasser fiel, können wir uns auf den vorderen Bereich des Schiffes konzentrieren.«

Slobowicz zeigte Frieda auf einem Decksplan an der Wand den infragekommenden Bereich mit einer kreisenden Handbewegung.

»Zeigen Sie mir alle Kameraaufzeichnungen von dort!«, bat Frieda.

Der Security-Offizier flog wieder mit seinen Fingern über die Tastatur, bis ein Splitscreen auf dem Bildschirm zu sehen war.

»Wir haben oben auf den Sonnen- und Außendecks von 10 und 11 Kameras. Da könnte es im Bugbereich gewesen sein.«

Sie schauten sich die Aufnahmen an. Die Nachtbeleuchtung lieferte ausreichend Licht für deutliche Bilder. Lediglich einige engumschlungene Paare waren zu sehen. Die Liegen und Loungen wurden nachts gestapelt, zusammengezurrt und an die Wände gestellt, sodass es keine Sitzmöglichkeiten für einen längeren Aufenthalt gab.

Frieda blieb den Parties und lauten Bars abends fern. Sie genoss die Rückzugsmöglichkeit ihrer Terrasse und nahm nur selten an Veranstaltungen teil. Am interessantesten fand sie die Lektorenvorträge.

Zwar boten die AIDA-Club-Schiffe Entertainment rund um die Uhr, aber Frieda suchte lieber die ruhigen Schiffsbereiche auf.

An diesem Abend hatte es eine Poolgrillparty gegeben und Slobowicz ließ einen Zeitraum von insgesamt einer halben Stunde der fraglichen Uhrzeit im Zeitraffer durchlaufen.

»Von Deck 8 und 9 kann nichts über Bord geworfen werden, da es keinen Außenbereich gibt. Aber die Balkonkabinen auf Deck 7 würden in Frage kommen.«, erklärte Slobowicz.

Wie Frieda dem Bordplan entnehmen konnte, befanden sich dort nur 5 Kabinen.

Slobowicz startete den Schnelldurchlauf, als Frieda Stopp rief.

Im Flur war eine Frau zu sehen, die auffallend vorsichtig eine der Steuerbordkabinen verließ.

Sie streckte erst ihren Kopf aus der Tür, schaute rechts und links den Flur entlang und ging dann schnellen Schrittes zu den Fahrstühlen.

Die Anschlussaufnahmen zeigten, dass sie auf Deck 8 ausstieg und schließlich im Gedränge der AIDA-Bar untertauchte.

Friedas Puls raste. Die zeitliche Übereinstimmung zwischen der Sichtung von Frau Zabel und dem heimlichen Verlassen der Kabine auf Deck 7 konnte kein Zufall sein!

»Welche Kabine ist das?«

Slobowicz verglich die Kameraaufnahme mit seinem Plan.

»Kabine 7121.«

»Können Sie herausfinden, wer diese Kabine bewohnt?«

Der Security-Offizier zögerte.

»Das fällt unter den Datenschutz!«

»Bitte?«

Frieda blickte ihn fassungslos an.

»Und was ich bisher gesehen habe? Fällt das nicht unter das Datenschutzgesetz?«

»Sie haben keine Namen bekommen!«

»Staffkapitänin Christiansen hat Ihnen aufgetragen, mir alle Daten und Informationen zur Verfügung zu stellen!«

Slobowicz war unsicher, wie er sich Frieda Olsen gegenüber zu verhalten hatte. Natürlich wusste er, wer sie war.

Er griff zur Funke und sah gleichzeitig die Passagierliste auf dem Bildschirm durch.

Er stockte, legte die Funke beiseite und sah Frieda an.

»Die Kabine ist unbewohnt.«, verkündete er überrascht.

Wie war es einem Passagier möglich gewesen, sich Zugang zu einer unbewohnten Kabine zu verschaffen? Zu jedem Gast gehörte eine Bordkarte. Das war wichtig, um die Vollzähligkeit der Passagiere jederzeit überprüfen zu können. Für eine unbewohnte Kabine gab es keine Bordkarte und außer Mitarbeitern der Crew konnte niemand diese Kabine betreten.

Das nährte den Verdacht, dass Frau Zabels Beobachtung der Wahrheit entsprach.

Wie passte das zusammen?

Das knackende Funkgerät riss Frieda aus ihren Gedanken. Sie erkannte die Stimme der Staffkapitänin und hörte den Befehl an Slobowicz, sie zur Brücke zu bringen.

Frieda folgte ihrem Bodyguard durch die Crewtreppenhäuser zu den Fahrstühlen und dachte über die Frau nach.

Sie hatte sie sofort erkannt.

Kapitän Krasnici stimmte Friedas Plan schließlich zu. Allerdings stellte er zwei Bedingungen.

Erstens solle Frieda während der ganzen Aktion in ihrer Suite bleiben und zweitens würde sie, sollte kein Täter gefasst werden, am nächsten Tag in Mahé von Bord gehen und die Heimreise antreten.

Bis dahin stünde sie unter dem persönlichen Schutz seiner Staffkapitänin und dem Sicherheitsoffizier Pavel Slobowicz.

Natürlich akzeptierte Frieda die Bedingungen. Letzten Endes war sie überrascht, dass Krasnici ihren Plan umsetzen wollte. Das verdankte sie Sabine Christiansen, die Friedas Zweifel an Seitz Geständnis teilte.

36

An Bord des Schiffes waren alle Veranstaltungen und Mottoparties für diesen Abend abgesagt worden. Als um halb acht die Sonne wie ein Stein im Meer versank, saßen die meisten Passagiere in den Restaurants. Sämtliche Plätze auf den Terrassen waren besetzt und immer noch bestimmte der Mord im Theater das Gespräch an den Tischen.

Hunderte Gäste belagerten die Buffets und unzählige Kellner waren mit dem Abräumen des Geschirrs beschäftigt. Während die Nacht hereinbrach, schoben 25 000 PS die AIDAaura durch die Wellen des Indischen Ozeans mit Kurs auf die Seychellen.

Kapitän Krasnici unterrichtete die Passagiere über einen medizinischen Notfall an Bord. Die Notausschiffung würde gegen Mitternacht in Victoria vorgenommen werden. Er wies die Passagiere darauf hin, dass die nächtliche Einfahrt in den Hafen eine Ausnahme für Kreuzfahrtschiffe bedeutete. Das Schiff würde von den Behörden allerdings erst planmäßig am nächsten Morgen freigegeben werden, so dass es den Passagieren leider nicht möglich sei, das Nachtleben auf den Seychellen zu erkunden.

Auf der Terrasse des Calypso-Restaurants saßen zwei Frauen, die sich flüsternd unterhielten.

»Bist du sicher?«

»Ja, die Sauna ist der ideale Ort!«

»Aber es ist ein öffentlicher Bereich!«

»Ja, aber es gibt dort keine Videoüberwachung.«

37

Wieso denken Sie, dass Ihnen der Mörder in die Sauna folgen wird?«

Krasnici konnte sein Unbehagen angesichts dieser Aktion nicht verheimlichen.

Noch hatte er den Mord nicht an die Behörden von Mahé gemeldet. Lediglich die Reederei und die italienischen Behörden in Genua, dem Heimathafen der AIDAaura, waren von ihm unterrichtet worden.

Da sich der Mord außerhalb der 12-Meilen-Zone ereignet hatte, waren die Behörden der Seychellen nicht zuständig, es sei denn, er würde dort um Hilfe ersuchen.

Dann bestünde die Gefahr, dass die Hafenbehörde das Schiff festsetzte und eine örtliche Ermittlung anordnete, was wiederum nicht im Interesse der Reederei lag. Nach Absprache mit seinen Vorgesetzten hatte Krasnici Friedas Plan zugestimmt, dem vermeintlichen Mörder eine Falle zu stellen und ihn dingfest zu machen.

Frieda hatte den Nachmittag damit zugebracht, die Terrassen und das Pooldeck zu besuchen und in zahlreichen

Gesprächen verlauten zu lassen, dass sie spätabends die Sauna aufsuchen würde.

»Wenn es jemand darauf abgesehen hat, mich aus dem Weg zu räumen, dann wird er sich in meiner Nähe aufhalten und mich gehört haben.«

»Und Sie denken, dass der Mörder in die Sauna kommen wird?«

»Er oder sie hat sich nicht gescheut, im vollbesetzten Theater kaltblütig einen Mord zu begehen, da wird ihm oder ihr die Abgeschiedenheit einer Sauna willkommen sein.«

»Aus Ihrem Mund hört es sich nach einem Abenteuer an, Frau Olsen, aber das ist es nicht. Ich muss sowohl Ihre, als auch die Sicherheit der anderen Passagiere gewährleisten und letztendlich muss ich verantworten, dass meine Crew sich in Gefahr begibt. Deshalb werde ich kein Risiko eingehen!«, rügte Krasnici und sah Frieda warnend an.

»Es tut mir leid, Kapitän. Glauben Sie mir, ich nehme das sehr ernst und habe tatsächlich Angst. Aber ich bemühe mich, die Fassung zu bewahren und dabei hilft mir eine nüchterne Betrachtungsweise.«

Krasnici nickte verständnisvoll, während Sabine Christiansen Frieda für ihren Mut bewunderte. Sie wünschte sich, mit 70 Jahren noch so dynamisch zu sein.

»Ich werde im Ruheraum im Bademantel auf einer Liege warten und den Köder spielen!«, verkündete die Staffkapitänin.

Sie hatte sich für diesen Job entschieden, da sie keinem ihrer Untergebenen einen diesbezüglichen Befehl geben wollte.

Der Plan war, Friedas Handtasche, Bordkarte und Kleidung auf dem Beistelltisch zu deponieren. Christiansen würde sich in einen Kapuzenbademantel hüllen und schlafend stellen.

»Sie sind doch viel größer als ich!«, gab Frieda zu bedenken.

»Wir werden das Licht dimmen und ich werde mich etwas zusammenrollen. Ihre Kleidung neben mir wird das Übrige tun.«

Hinter einem der Paravans würden zwei Securityoffiziere mit Elektro-Tasern warten. Zwei weitere bewaffnete Offiziere sollten sich hinter der Servicetür in der Wand postieren und der Kapitän würde die ganze Aktion von dem Spabüro aus beobachten. Für den Fall, dass er eingreifen müsste, wäre auch er bewaffnet.

»Sicherheitsoffizier Slobowicz und ich haben eine Entdeckung gemacht!«, begann Frieda, nachdem der Kapitän zufrieden war, dass die Falle, die sie dem Mörder stellen würden, bis ins Detail geplant war.

Krasnici war ganz Ohr.

»Wir haben uns die Aufnahmen der infrage kommenden Decks vor, während und nach dem Mann-über-Bord-Alarm in der ersten Nacht angesehen!«

Krasnici runzelte die Stirn.

»Meines Wissens ist die Sache geklärt. Niemand wurde vermisst.«

»Das stimmt, aber wir haben in den Kameraaufzeichnungen eine Frau aus einer unbewohnten Kabine im Bugbereich kommen sehen!«

»Frau Olsen, das war falscher Alarm. So etwas passiert auf einem Schiff!«

Krasnici war nicht gewillt, einen Zusammenhang herzustellen.

Christiansen schaltete sich ein und hakte nach.

»Um welche Kabine handelt es sich?«

»7121! Laut Passagierbuch ist die Kabine unbewohnt!«

»Und was genau haben Sie da gesehen, Frau Olsen?«

Krasnicis Stimme verriet Ungeduld, andererseits musste er jedem Hinweis nachgehen und er war professionell genug, das zu beachten.

»Die Frau hat sich vergewissert, dass sich niemand im Flur aufhält und ist dann schnell im Gedränge der AIDA-Bar verschwunden.«

»Und wissen Sie, wer diese Frau ist?«

Krasnici sah Frieda direkt an.

»Die Frau, die im Hafen von Antsiranana ins Hafenbecken gesprungen ist!«

Krasnici lächelte verhalten.

»Das war Phyllis Michalek. Ich habe Sie in Antsiranana zwangsweise ausgeschifft!«

Frieda war überrascht.

»Das war ihre Kabine!«, ergänzte Christiansen, die in der ursprünglichen Passagierliste nachgesehen hatte.

»In jedem Hafen wird die Passagierliste aktualisiert, deswegen hat Security-Offizier Slobowicz die Info gehabt, dass die Kabine unbewohnt ist. Vorher war es die Kabine von Phyllis Michalek. Damit hat sich dieses Rätsel gelöst!«

Frieda seufzte resigniert. Damit hatte sie nicht gerechnet.

»Warum hat sie das Schiff verlassen?«

»Wer grob fahrlässig handelt, indem er von Bord springt, wird zwar wieder an Bord geholt, aber im nächsten Hafen ausgeschifft. Das ist das allgemeingültige Prozedere bei solchen Vorkommnissen.«

Frieda nickte und Krasnici fuhr fort:

»Entweder Hermann Seitz hat den Mord begangen oder wir gehen davon aus, dass der Mörder hinter Ihnen her ist, Frau Olsen, weshalb er ihren Bewacher, den Privatdetektiv Polk, getötet hat. Stimmen Sie mir soweit zu?«

»Ja, Kapitän!«, bestätigte Frieda.

»Was hat dann Frau Michalek damit zu tun?«

Frieda schwieg, da sie nichts zu entgegnen wusste.

»Erinnern Sie sich, was ich Ihnen zu Beginn der Reise gesagt habe?«, fragte Krasnici.

Frieda nickte.

»Ich hoffte, dass auf dieser Reise mit Ihnen an Bord nichts passieren würde und nun haben wir einen Mord und Sie sind das potentielle Opfer und befinden sich in Lebensgefahr!«

In Frieda regte sich Widerstand. Was wollte der Kapitän ihr mitteilen? Trug sie in seinen Augen die Schuld an dem Mord?

»Verzeihen Sie bitte die Umstände, die es Ihnen macht, dass jemand mich ermorden will. Ich werde versuchen, Ihnen als Leiche nicht zu sehr zur Last zu fallen!«

Ihre Stimme überschlug sich.

»Bitte beruhigen Sie sich, Frau Olsen. So habe ich das nicht gemeint!«, beschwichtigte Krasnici.

»Wie anders könnte ich das Gesagte verstehen?« Frieda war nicht gewillt, dem Kapitän entgegenzukommen.

Sabine Christiansen wusste, wie einige Mitarbeiter der AIDA-Flotte über Frieda Olsen dachten. Sie sagten, die Mutter des Kapitäns der Bella ziehe das Verbrechen an wie Honig den Bären.

Sie empfand das als unfair, konnte aber die hinter vorgehaltener Hand geäußerten Bedenken verstehen. Schließlich war auf keinem der AIDA-Schiffe je zuvor ein Mord geschehen. Allerdings konnte sie sich des Gedankens nicht erwehren, dass es durchaus im Bereich des Möglichen lag, einen Mord nicht immer als solchen zu erkennen. Schließlich verschwanden weltweit jedes Jahr ein paar Dutzend Menschen auf Kreuzfahrtschiffen.

»Wir sollten froh sein, Frau Olsen an Bord zu haben! Mit Ihrem Gespür ist sie bisher sehr erfolgreich gewesen.«

Natürlich war sich Krasnici dessen ebenfalls bewusst, aber er ärgerte sich, dass ausgerechnet sein Schiff das nächste in einer Serie von Morden war.

Er entschuldigte sich mit ehrlichen Worten bei Frieda.

»Sie könnten Recht haben, Kapitän, vielleicht ziehe ich das Verbrechen an.«

Frieda wollte nicht streiten, auch sie stand unter höchster Anspannung und die Angst saß ihr seit Tagen unentwegt im Nacken.

Die Stimmung besserte sich spürbar und alle seufzten erleichtert auf.

Krasnici offenbarte ihnen seine Anspannung.

»Es ist eine Reise mit Hindernissen. Ein Mordfall an Bord, ein unsicheres Geständnis, jetzt ein medizinischer Notfall und zwei Ausschiffungen in den ersten Tagen der Reise, dazu die hellsichtige Frau, die den Mord vorhergesehen haben will. Und über allem schwebt die latente Gefahr, dass ein Mörder sich frei an Bord bewegt!«

Frieda stockte und war sofort hellwach.

»Was heißt zwei Ausschiffungen? Wer hat denn noch das Schiff verlassen?«

Christiansen sah Frieda überrascht an und wunderte sich, dass sie das nicht mitbekommen hatte. Es hatte unter den Gästen für Gesprächsstoff gesorgt.

»Frau Mehdorn hat das Schiff auf eigenen Wunsch in Antsiranana verlassen. Die Differenzen mit ihrem Ehemann hatten ihr eine Weiterreise unmöglich gemacht!«

Frieda lehnte sich zurück, atmete hörbar aus und sagte ruhig und mit einer unüberhörbaren Portion Sarkasmus:

»Nicht ich ziehe das Verbrechen an, sondern Sie sind nicht in der Lage, eines zu erkennen!«

Sie blickte in die Runde und vergewisserte sich, dass jeder Einzelne sich angesprochen fühlte.

38

Er befand sich in einer riesigen Halle, so groß, dass er weder Wände noch Decke ausmachen konnte.

Das warme Licht schien von überallher zu kommen.

So weit das Auge reichte, lagen dicht an dicht abertausende, seidig-glänzende Teppiche in den unterschiedlichsten Farben. Wie in einer überdimensionalen Gebetshalle.

Er stand auf einem der Teppiche und blickte hinab auf die bunten Muster, die sich beim näheren Hinsehen als Szenen aus seiner Vergangenheit erwiesen.

Unzählige Bilder und Ereignisse waren kunstvoll verwoben und lagen ausgebreitet vor ihm. Furchtlos und voller Neugier schritt er langsam von Teppich zu Teppich, fühlte den seidigen Flor unter seinen Füßen und betrachtete die Stationen seines Lebens.

Manche Fransen verknüpften sich ineinander, bei anderen lief ein signalroter Faden durch das Muster und immer wieder leuchtete dieses rote Garn wie ein Blitz auf, änderte die Richtung, teilte sich sternförmig oder endete in einer Sackgasse.

Die komplexen Adern des Schicksals offenbarten sich ihm und nun erkannte Hermann Seitz, dass keine Entscheidung, kein Wort und keine Tat in seinem Leben ohne Folgen geblieben war. Nichts war ohne Auswirkungen geschehen.

Plötzlich schwebte er und blickte auf dieses Teppichmeer aus einer größeren Höhe herab und je höher er stieg, desto klarer wurde sein Blick für das Universum. Alles war auf kunstvolle Weise miteinander verwoben.

Dies war das Prinzip von Ursache und Wirkung.

Hermann spürte die Last der Schuld von seinen Schultern abfallen.

Er hatte so viele seiner Entscheidungen infragegestellt und sich für die Folgen verantwortlich gefühlt.

Er stieg immer weiter empor und obwohl es mittlerweile zig Millionen Teppiche sein mussten, konnte er die rot leuchtenden Punkte deutlich ausmachen.

Eine wohlige Wärme umhüllte ihn. Er verließ diese Welt.

39

Es war 22:30 Uhr und im Spa-Bereich auf Deck 11 befanden sich alle auf ihren Positionen.

Staffkapitänin Sabine Christiansen lag, eingehüllt in einen Bademantel und mit einem Handtuchturban auf dem Kopf, im Relaxraum und starrte durch die großen Fenster auf einen Punkt, wo sie den Horizont vermutete.

Sie spürte jeden einzelnen Herzschlag.

Der Täter hatte, trotz Anwesenheit zahlreicher Gäste, seinem Opfer die Kehle durchgeschnitten.

Rückwirkend betrachtet war dies die einzige Möglichkeit gewesen, einen Aufschrei zu vermeiden. Ein gezielter Schnitt am Hals hatte Johann Polk stumm verbluten lassen.

Der Mörder musste kaltblütig gewartet haben, bis das Publikum applaudiert oder gelacht hatte.

Würde er auch jetzt ein Messer einsetzen?

Frau Olsen hatte ihr versichert, dass die Tatwaffe längst auf dem Grund des Indischen Ozeans liegen und nie gefunden würde.

»Sein Vorgehen im Theater lässt darauf schließen, dass er gezielt vorgeht!«, hatte sie erklärt.

»So jemand lässt sich nicht anhand eines eindeutigen Beweises in der Tasche überführen. Er wird eine andere Waffe wählen, um sein Ziel zu erreichen.«

Es hatte seltsam geklungen, ihren eigenen Mord als Ziel zu bezeichnen, aber das war für Frieda tatsächlich der einzige Weg, um nicht von Panikattacken heimgesucht zu werden.

Jetzt saß sie mit Pavel Slobowicz in ihrer Suite und verschränkte krampfhaft ihre Hände, während Christiansen an ihrer statt in Gefahr schwebte.

Fast wäre die ganze Aktion abgeblasen worden, denn nachdem Frieda den Kapitän und seine Mitarbeiter beleidigt hatte, war bei Krasnici der Geduldsfaden gerissen.

»Wenn Sie die Güte hätten, uns Unwissende in Ihre Erkenntnisse einzuweihen, Frau Olsen!«

»Ich kann Ihnen noch nicht sagen, was hier genau vor sich geht, aber vertrauen Sie der Lebenserfahrung einer alten Frau. Oder nennen Sie es Gespür!«

»Gespür?«, hatte Krasnici ausgerufen.

»So, wie die Frau mit den Tarotkarten, die den Mord vorhergesehen haben will? Wenn Sie glauben, dass ich aufgrund Ihres Gespürs meine Entscheidungen treffe, muss ich Sie enttäuschen! Dann könnte ich ebensogut die Würfel entscheiden lassen, welchen Kurs wir nehmen!«

Krasnici war in Fahrt gekommen. Frieda war bewusst gewesen, dass er sich persönlich angegriffen fühlte, hatte jedoch großes Verständnis für seine Situation. Letzten Endes war er derjenige, der zur Verantwortung gezogen würde.

Sie hatte sich für ihre respektlose Bemerkung entschuldigt und einige weitere Beschwichtigungen geäußert, bevor Krasnici schließlich die Vorbereitungen für den abendlichen Einsatz befohlen hatte.

Während Frieda mit Slobowicz in ihrer Suite auf Nachricht vom Kapitän wartete, beschäftigte sie sich mit den Zwischenfällen der bisherigen Reisetage.

Karin Mehdorn, die krebskranke Frau, war, nach einem oder vielleicht auch mehreren Streits mit ihrem Mann, in Antsiranana von Bord gegangen.

Christiansen hatte berichtet, dass Frau Mehdorn im Grand Hotel eingecheckt und ihre Koffer vom Hotel-Service hatte abholen lassen.

Am selben Abend war die unsympathisch laute Phyllis Michalek ins Hafenbecken gesprungen und hatte daraufhin ebenfalls das Schiff verlassen. Im Gegensatz zu Frau Mehdorn war die Ausschiffung nicht aus eigenem Willen geschehen, sondern vom Kapitän angeordnet worden.

Da beide Frauen zum Zeitpunkt des Mordes im Theater nicht mehr an Bord waren, schieden sie als Täterinnen aus.

Frieda war sicher, dass es eine Verbindung dieser Frauen zueinander geben musste.

War das, was Christine Zabel in der ersten Nacht gesehen hatte, vielleicht doch mehr als ein Schatten gewesen und hatten beide Frauen ausgecheckt, weil sie etwas damit zu tun hatten?

Sie versuchte, sich die Ehe der Mehdorns vorzustellen.

Allein die Tatsache, dass Herr Mehdorn seine Frau von Bord gehen ließ und die Reise ohne sie fortsetzte, bewies Friedas Vermutung einer völlig zerrütteten Beziehung.

Egal, wie heftig ein Streit wäre, Frieda wollte sich eine Trennung während einer Urlaubsreise am anderen Ende der Welt nicht ausmalen. Allerdings war ihr die selbstbewusste und autoritär anmutende Ausstrahlung von Frau Mehdorn aufgefallen. Trotz der Krebserkrankung hatte sie weder schwach noch hilfsbedürftig gewirkt.

Frieda hahm ihr iPad und öffnete die Seite einer Suchmaschine.

Karin Mehdorn war Inhaberin eines kleinen Kosmetikimperiums. Die Vita der 54-jährigen las sich beeindruckend.

Ihre Produkte generierten einen jährlichen Umsatz von mehreren Millionen Euro und waren auf Onlineplattformen und im Shopping-TV präsent.

Plötzlich erinnerte Frieda sich an Gesprächsfetzen eines Telefonates, das auf dem Nachbarbalkon ihrer Suite geführt worden war. Sie hatte die Worte *Hyaloronfiller* und *Anti-Aging-Booster* gehört.

Über die 32-jährige Phyllis Michalek fand Frieda im Internet lediglich einige Einträge auf verschiedenen Social-Media-Seiten, die auf Privatmodus gestellt waren.

Sie verglich die Wohnorte der beiden Frauen. Die Mehdorns wohnten in Düsseldorf und Phyllis Michalek kam aus Oberhausen. Das war noch kein Zusammenhang, da viele Gäste aus dem Ruhrgebiet kamen.

Sie klickte die Bildersuche an und fand Michalek auf einem Foto inmitten ihrer Kollegen von einem Reisebüro in Moers. Frieda klickte auf die Firmenseite und stellte fest, dass der Reiseservice auf den Verkauf von Kreuzfahrtpassagen spezialisiert war.

Aufgeregt wandte sie sich an Pavel Slobowicz, der in der geöffneten Terrassentür stand und auf den nächtlichen Ozean blickte.

»Wenn Sie um die Konsequenzen wüssten, die ein Sprung von Bord nach sich zieht und welche Kosten Ihnen entstehen, würden Sie dann just for fun in Afrika vom Schiff ins Hafenbecken springen?«

Pavel sah sie erstaunt an und schüttelte nachdrücklich den Kopf.

»Das Springen von Bord eines Schiffes ist verboten!«, fügte er ernst an.

Phyllis Michalek hatte ganz sicher um die Konsequenzen ihres Sprunges gewusst und es dennoch getan.

Warum?

War sie wie die blonde Barbie-Influencerin, die waghalsige und verrückte Videos von sich machen ließ, um Follower oder Klicks zu bekommen?

Das ergab keinen Sinn! Zum einen waren Michaleks Social-Media-Profile auf privat gestellt und somit nur begrenzt sichtbar und zum anderen existierten keinerlei andere Videos oder Fotos von ihr im Netz, die diese Theorie stützten.

Was also war der Grund für dieses kostspielige Unterfangen?

Beide Frauen befanden sich entweder noch auf Madagaskar oder waren bereits zurück nach Deutschland gereist.

Friedas Bauch kribbelte. Irgendetwas stimmte nicht, aber sie trat auf der Stelle.

Sie konzentrierte sich auf die angeblich hellsichtige Gabriele Döpper, die bei dem Tarot-Workshop den Mord an Johann Polk gesehen hatte.

Nur jemand aus dem Täterkreis konnte vorher wissen, dass dem Opfer im Theater die Kehle durchgeschnitten würde.

Für Frieda war Gabriele Döpper die viel zu offensichtliche Täterin! Sie hatte ein hieb- und stichfestes Alibi, welches natürlich als erstes überprüft worden war.

Im Grunde genommen glaubte Frieda nicht an Horoskope oder Kartenlegen, aber es gab Ereignisse und Begebenheiten, die mit Logik nicht erklärbar waren. Wenn es keine spirituelle Vision war, konnte das nur bedeuten, dass sie im Vorfelde von dem Mord gewusst haben musste. Und wenn dem so war, warum hatte sie ihn dann sozusagen angekündigt?

Um eine falsche Fährte zu legen?

Für wen und weshalb?

Im Geiste ging Frieda die Personen durch, die auffällig in Erscheinung getreten waren.

Da war das Influencer-Trio, bestehend aus der jungen Frau und den zwei Männern, die sie mit Kamera und Mikrofon in Szene setzten.

Spielten sie eine Rolle bei den Ereignissen?

Plötzlich wurde ihr wieder bewusst, dass die einzig konkrete Verbindung des Opfers zu einer anderen Person auf sie selbst wies.

Hatte sie irgendetwas gesehen oder gehört und war unfreiwillig Zeugin eines Verbrechens geworden?

Wenn dem so war, musste es sich um eine Begebenheit von vor über zwei Wochen handeln, vorausgesetzt, der Einbruch in ihre Wohnung bedeutete das erste Warnsignal.

Das scheinbar Offensichtliche muss hinterfragt werden!

Was wäre, wenn sie überhaupt nicht das Opfer wäre, sondern die Sache ganz anders lag?

Dann würde auch niemand in der Sauna überführt werden.

In Frieda regte sich ein stiller Alarm, als ob ihre innere Feuerwehr zum Einsatz ausrückte. Aber sie wusste nicht, wo es brannte.

40

Der Spabereich auf Deck 11 war orientalisch gestaltet, es gab dort halbrunde Tür- und Fensterbögen, Zwiebeltürmchen und marokkanisches Fliesenmosaik. Er suggerierte dem Besucher einen Aufenthalt in einem Hamam.

Als sie ankam, war der Rezeptionstresen unbesetzt.

In einer knappen Stunde würde die Sauna schließen.

Sie war nackt unter dem Bademantel. Ihre Anspannung ließ ihren Puls steigen.

Sauna und Dampfsauna waren leer, wie sie es gehofft hatte. Sie betrat den Ruheraum. Das Licht war gedimmt und durch die großen Panoramafenster drang schwaches Mondlicht herein.

Sie lag im hinteren Bereich auf einer Liege.

Sie würde sich leise heranschleichen und das Überraschungsmoment für sich nutzen.

In ihr brodelte das Adrenalin. Wieder spürte sie diesen Drang, dieses Verlangen. Sie verwarf alle Bedenken und die Angst fiel von ihr ab. Endlich war es soweit!

Langsam näherte sie sich der Liege. Sie schien eingeschlafen zu sein. Ihr Brustkorb hob und senkte sich sichtbar.

Jetzt war der richtige Moment. Sie hatte lange darauf gewartet. Irgendwie hatte sich alles viel komplizierter entwickelt, als sie erwartet hatte, aber was wusste sie schon von solchen Dingen, schließlich war es auch für sie das erste Mal.

Sie beugte sich vor, um ihren Hals zu erreichen.

41

Zur selben Zeit erklang in der kleinen Intensivstation auf Deck 3 ein schriller Ton.

Herzstillstand.

Binnen Sekunden war die Krankenschwester am Bett des Patienten, der friedlich zu schlafen schien.

Sechs Minuten und drei Animationsversuche später erklärte Schiffsarzt Dr. Offen Hermann Seitz für tot.

42

Kurz nach 23 Uhr rief der Kapitän Frieda zu sich auf die Brücke.

Als sie mit Pavel Slobowicz eintraf, war die Anspannung sofort spürbar.

Staffkapitänin Christiansen und Sicherheitschef Brokalakis waren ebenfalls zugegen. Offensichtlich war die Aktion in der Sauna schief gelaufen.

»Frau Olsen, Ihr Plan war, wie man so schön sagt, ein Schuss in den Ofen!«

Krasnicis Akzent ließ diesen Satz unbeabsichtigt komisch klingen.

Frieda sah fragend zu Sabine Christiansen, die dem Kapitän schulterzuckend zustimmte.

»Zudem ist Hermann Seitz bedauerlicherweise vor einer Stunde verstorben!«, erklärte Krasnici. Er blickte Frieda an.

»Ich habe keine Veranlassung, sein Geständnis nicht auf den Mord im Theater zu beziehen. Damit erkläre ich diesen Fall für abgeschlossen!«

Er runzelte die Stirn und Frieda ahnte, dass seine Ausführungen noch nicht beendet waren.

»Da Sie und meine Staffkapitänin aber die These vertreten, dass es sich bei Hermann Seitz nicht um unseren Täter handelte, bleibt ein Restrisiko und im Zweifel geht Ihre Sicherheit vor.«

Damit war besiegelt, dass Frieda im Hafen von Victoria auf Mahé von Bord gehen und die Reise für sie zu Ende sein würde.

Sie war mehrfach mit dem Kapitän aneinandergeraten, aber Frieda verstand seine Entscheidung. Er würde an Bord zwar eine erhöhte Sicherheitsstufe beibehalten, aber im Grunde genommen war die Angelegenheit für ihn geklärt.

Auch wenn Hermann Seitz nicht mehr befragt werden konnte, war sein Geständnis Grund genug, die Akte zu schließen.

Frieda ärgerte sich, ihre Theorie, weshalb Seitz nicht der gesuchte Mörder sein konnte, geäußert zu haben. Damit hatte sie Kapitän Krasnici keine Wahl gelassen. Er musste sie ausschiffen!

Letzten Endes war er froh, da er wusste, dass Frieda keine Ruhe geben und auf eigene Faust weiter ermitteln würde.

Der Kapitän hatte schon bei seinem Antrittsbesuch deutlich gemacht, dass er ihr gegenüber kritisch war.

Und Frieda musste sich eingestehen, dass er zumindest mit seiner Annahme, dass etwas an Bord passieren würde, Recht behalten hatte.

»Bis dahin stehen Sie unter der Obhut von Staffkapitänin Christiansen!«, schloss Krasnici seine Ausführungen.

Frieda fühlte sich zwiegespalten. Ihre Sicherheit war ihr natürlich wichtig, allerdings verspürte sie einen unbändigen Drang, ihre Ermittlungen fortzuführen. Irgendwo in ihrem Kopf verbarg sich der entscheidende Hinweis.

Immer wieder fragte sie sich, ob sie ihrem Instinkt trauen konnte oder persönlich befangen war.

»Frau Olsen, bitte glauben Sie mir, dass es mir außerordentlich leid tut, Sie die Reise morgen abbrechen zu lassen.«, bekundete Krasnici aufrichtiges Mitgefühl und entließ alle Anwesenden mit einem kurzen, aber energischen:

»Das wäre alles!«

Slobowicz bezog Posten vor Friedas Suite und sie beschloss, morgen in aller Frühe ihren Koffer zu packen.

43

Britta beugte sich hinab und legte ihrer Freundin die Hände auf die Schultern, als das Licht anging.

Die Frau vor ihr sprang auf und Britta stellte verblüfft fest, dass es sich nicht um Gesche handelte. Zwei Offiziere tauchten wie aus dem Nichts auf und ergriffen sie.

Alles ging so schnell, dass der Schrei erst mit einiger Verzögerung kam, dafür aber umso lauter war.

Sie schrie, bis sie Gesche rufen hörte, die wie eine Löwin hereinstürmte und wild auf die Offiziere einschlug.

Staffkapitänin Christiansen zog Gesche Bellmann zurück und das ganze Durcheinander wurde abrupt beendet, als der Kapitän mit kräftiger Stimme rief: »STOPP – AUFHÖREN!«

Alle verharrten in der Bewegung und Krasnici beteuerte den beiden Frauen, dass sie nichts zu befürchten hätten.

Es war offensichtlich, dass diese beiden Frauen keine kaltblütigen Mörderinnen waren.

Krasnici nickte seiner Staffkapitänin zu und sofort wandte diese sich an die unter Schock stehenden Frauen.

Der Schiffsarzt trat hinzu und bat die beiden, ihn auf die Krankenstation zu begleiten.

»Fassen Sie mich nicht an!«, rief Gesche Bellmann wütend und wies Dr. Offen schroff zurück. Sie hielt ihre schluchzende Freundin im Arm.

»Was fällt Ihnen ein, wir werden Sie verklagen!« Ihre Stimme überschlug sich vor Wut.

Christiansen bat den Kapitän und die Offiziere, sich zurückzuziehen und den Spabereich zu verlassen. Langsam beruhigten sich die Freundinnen. Ihr leises Schluchzen erfüllte den Raum.

Britta Kamener und Gesche Bellmann blickten voller Argwohn auf die Staffkapitänin, die unter dem Bademantel ihre weiße Uniform trug.

»Wir können Sie nur vielmals um Verzeihung bitten!«, erklärte Christiansen besänftigend.

»Wir hatten Grund zu der Annahme, dass hier im Spabereich ein Verbrechen verübt werden sollte.«

»Wir haben nichts verbrochen!«

Christiansen nickte.

»Natürlich nicht. Ich weiß, es klingt wie eine Phrase aus einem Film, aber Sie waren tatsächlich zur falschen Zeit am falschen Ort.«

»Wir hatten uns hier in der Sauna verabredet«, erklärte Britta Kamener.

»Wie gesagt, es tut mir furchtbar leid, dass Sie dieser Verwechslung zum Opfer gefallen sind!«

Die Freundinnen sahen sich an und schließlich sagte Gesche Bellmann mit leiser Stimme:

»Sie suchen den Mörder!«

Christiansen schwieg.

»Das heißt, wir sind alle in Gefahr, weil er noch nicht gefasst ist!«

»Nein, da kann ich Sie beruhigen. Der Täter hat bereits gestanden und wir wollten nur auf Nummer sicher gehen.«, erklärte die Staffkapitänin.

»Sie haben den Mörder also?«

»Zum Stand der Ermittlungen darf ich keine Auskunft geben. Aber ich kann Ihnen versichern, dass weder Sie noch die anderen Passagiere sich in Gefahr befinden.«

Christiansen wartete noch einige Zeit. Der Schock saß tief, vor allem bei Britta Kamener, die völlig unvorbereitet von den Security-Mitarbeitern ergriffen worden war.

»Ich schlage vor, ich begleite Sie auf Ihre Kabinen und schicke unseren Schiffsarzt vorbei, der sich um Sie kümmert. Morgen würde der Kapitän Sie zu einem klärenden Gespräch bitten und sich noch einmal persönlich bei Ihnen entschuldigen.«

Beide schüttelten einvernehmlich den Kopf.

»Wir haben von Uniformen erst einmal genug, vielen Dank!«

Britta Kamener klang weder freundlich noch versöhnlich.

»Aber zumindest begleite ich Sie jetzt zu Ihren Kabinen!«

Auf Deck 8 blieben sie vor der Kabine von Gesche Bellmann stehen.

Britta hatte sich den Abend ganz anders vorgestellt. Es sollte ihre erste Erfahrung mit einer Frau werden. In den letzten Tagen hatten sie viel Zeit miteinander verbracht und sich sehr gut verstanden. Allerdings hatten beide keine Erfahrung mit gleichgeschlechtlichem Sex.

Lesbisch zu sein war ihnen aufgrund ihrer Erziehung wie ein Makel vorgekommen. Niemals zuvor hatten sie so viele homosexuelle Paare wie an Bord der AIDAaura erlebt. Der ungezwungene Austausch von Zärtlichkeiten in der Öffentlichkeit war ihnen fremd und aufregend erschienen.

Sie hatten sich vor drei Wochen im Internet kennengelernt. Beide hatten explizit nach einer Frau gesucht, die keinerlei lesbische Erfahrungen hatte.

Sie wollten herausfinden, ob ihre Phantasien in der Realität Bestand hätten.

»Wir sind, was das angeht, noch grün hinter den Ohren!«, hatte Gesche gewitzelt und gerade das war es, was beide gesucht hatten.

Viel zu lang waren sie in unglücklichen Ehen und Beziehungen verblieben und von Männern, auch im Bett, dominiert worden. Sie wollten einen Neustart auf Augenhöhe wagen.

Als sie nun vor ihrer Kabine standen, erinnerte Britta sich an Gesches Löwenmut. Sie war dem Mann, der sie festgehalten hatte, auf den Rücken gesprungen und hatte auf ihn eingeschlagen. Nie hatte sie sich behüteter gefühlt, als in diesem Augenblick.

Sie fasste Gesche am Arm und wandte sich an Christiansen:

»Vielen Dank, wir sind da!«

Dann küsste sie ihre Freundin vor der Staffkapitänin auf den Mund und es fühlte sich richtig an.

44

Als der Lotse an Bord der AIDAaura ging, war Frieda gerade eingeschlafen. Das nächtliche Anlegemanöver im Hafen von Victoria verpasste sie.

Die vielen Passagiere, die die Hafeneinfahrt bestaunten und an der Reling standen, als die Festmacher über die eisernen Poller gelegt wurden, wunderten sich, dass kein Krankenwagen am Pier stand.

Sofort kochte die Gerüchteküche hoch und einige Gäste blieben an Deck, um abzuwarten, ob noch irgendetwas passierte.

Als ein weißer Geländewagen mit den blaugelben Streifen der Polizei an der Gangway hielt und ein Polizist sowie eine Person in Zivil das Schiff betraten, stand ein Mann an der Balkonreling auf Deck 7 und beobachtete diese neue Entwicklung mit Argwohn.

Handelte es sich bei der medizinischen Notausschiffung lediglich um einen vorgeschobenen Grund, um nach ihm zu suchen?

Er hatte sich informiert. Die Hafenbehörde und die örtliche Polizei waren grundsätzlich nicht interessiert, die Ermittlungen auf einem ausländischen Kreuzfahrtschiff zu übernehmen. Er hatte nichts zu befürchten. Sein Plan war gut durchdacht.

Die Ereignisse hatten sich zwar überschlagen und es war ein unvorhersehbares Problem aufgetreten, aber das hatte er beseitigt. Er fühlte sich sicher und würde Frieda Olsen weiterhin im Auge behalten.

45

Am Morgen stand Frieda früh auf, packte ihren Koffer und saß bereits um 8 Uhr bei Kaffee und Müsli auf der Heckterrasse des Weite-Welt-Restaurants. Die Reederei hatte ihr ein Hotel in Victoria und einen Rückflug nach Hamburg gebucht.

Sie dachte an Klaas Anruf vor einer halben Stunde. Er hatte die Nacht mit Selbstvorwürfen verbracht und kleinlaut um Verzeihung gebeten. Frieda war ihm nicht mehr böse. Letzten Endes war Klaas ein liebevoller Sohn, der sich um seine Mutter sorgte.

Die Reederei hatte ihn informiert, dass sie aus Sicherheitsgründen das Schiff in Victoria auf Mahé verlassen und am nächsten Tag zurück nach Deutschland fliegen würde.

Klaas hatte Kapitän Krasnici für seine Entscheidung in Schutz genommen und ihr versichert, dass er genauso gehandelt hätte. Frieda war das mittlerweile nicht mehr wichtig. Sie hatte sich damit abgefunden und war zum Ausschiffen bereit.

Auf der Terrasse saßen zu dieser frühen Stunde nur ein paar Gäste. Sie sah sich um und entdeckte Christine Zabel, der sie aufgeregt zuwinkte.

»Verzeihen Sie, mir ist gestern etwas dazwischen gekommen!«, entschuldigte sich Frieda.

»Setzen Sie sich doch bitte zu mir!«

»Wenn Sie mich nicht ernst nehmen, dann können Sie das ruhig offen sagen. Ich kann damit umgehen!« Christine Zabel kam direkt auf den Punkt.

Frieda sah sie überrascht an. Natürlich! Frau Zabel musste denken, sie sei ihr aus dem Weg gegangen! Leider durfte Frieda nicht erzählen, warum sie nicht in die Hemingway-Lounge zurückgekehrt war. Sie hatte versprochen, den Grund ihres Reiseabbruches für sich zu behalten.

»Das sehen Sie vollkommen falsch! Es geht um etwas Privates und deshalb werde ich auch hier in Victoria von Bord gehen und morgen nach Hause fliegen.«, erklärte Frieda und fühlte sich schlecht bei dieser Notlüge, aber letzten Endes war es etwas sehr Privates, in Lebensgefahr zu schweben.

Christine Zabel benötigte ein paar Sekunden, um zu verstehen.

»Sie brechen die Reise ab?«

Frieda nickte und hob die Schultern.

»Leider!«

Beide schwiegen für einen Moment.

»Wissen Sie, Frau Olsen, ich habe mich immer wieder gefragt, ob ich mich getäuscht haben könnte. Aber ich bin mir wirklich sicher, dass von einem der oberen Balkone eine Person über Bord gegangen ist!«

»Können Sie mir zeigen, wo genau Sie gestanden haben?«

»Sie meinen jetzt?«

Frieda nickte.

»Natürlich!«

»Dann los!«, sagte Frieda und stand auf.

Christine Zabel schien überrascht, ging aber voraus, um Frieda den Standort zu zeigen.

Der Mann an der Steuerbordtreppe zum Oberdeck bemerkte den Sicherheitsoffizier, der Frieda Olsen auf Schritt und Tritt begleitete, sofort. Er hatte Bruchstücke des Gespräches der beiden alten Damen aufgeschnappt und wusste, wohin sie sich begeben würden.

Diese Hobbydetektivin stellte eindeutig zu viele Fragen!

46

Frieda bat Slobowicz, die Staffkapitänin anzufunken.

Ein paar Minuten später standen sie zu viert an der Reling und Frieda wandte sich an Christine Zabel:

»Würden Sie bitte vor der Staffkapitänin wiederholen, was Sie mir erzählt haben?«

Mit fester Stimme berichtete Frau Zabel noch einmal von dem Geräusch in der besagten Nacht und ihrer Vermutung, dass es sich dabei um das Rücken von Möbeln gehandelt hatte.

Sabine Christiansen sah Christine Zabel fragend an.

»Genau über uns befindet sich die Kabine von Phyllis Michalek.«, erläuterte Frieda.

»Ich kann Ihnen nicht ganz folgen!«

Frieda schüttelte ungeduldig den Kopf.

»Kommen Sie! Frau Zabel ist sich nach wie vor sicher, gesehen zu haben, dass jemand über Bord fiel und genau über sich hörte sie verdächtige Geräusche. Und ausgerechnet die Bewohnerin der Kabine über uns verlässt am darauffolgenden Tag, so auffällig wie nur möglich, das Schiff.«

»Was wollen Sie damit andeuten?«

»Dass Phyllis Michalek ermordet wurde und eine Doppelgängerin mit ihrer Bordkarte ausgeschifft wurde!«

»Wie soll denn eine Doppelgängerin an Bord gekommen sein?«

Frieda zuckte mit den Schultern.

»Es ist Ihr Job, das herausfinden! Aber fällt Ihnen ein plausibler Grund ein, weshalb sich die Frau bewusst ausschiffen lassen sollte?«

»Das weiß ich nicht, Frau Olsen. Vielleicht hat sie nicht damit gerechnet?«

Christiansen runzelte die Stirn.

»Phyllis Michalek war Mitarbeiterin eines Reiseservices, der auf Kreuzfahrten spezialisiert ist. Sie wusste um das Prozedere! Ich habe recherchiert. Sie war kein Influencer-Girl, das spektakuläre Videos postete.«

Alle schwiegen.

»Okay, Frau Olsen. Spielen wir das durch! Sollte tatsächlich eine Frau als blinder Passagier an Bord gekommen sein und hätte diese den Platz von Phyllis Michalek eingenommen, dann hätte sie in jedem Hafen auschecken können, ohne dass sie an Bord als vermisst gelten würde.«

»Richtig!«, bestätigte Frieda.

»Wenn sie nicht in Deutschland ankäme, würde vermutet werden, sie sei auf Madagaskar. Niemand würde wissen, dass sie über Bord geworfen wurde.«

Christiansen gefiel diese Theorie nicht.

»Das erklärt nicht, weshalb sie mit so einem Tam-Tam von Bord gehen sollte! Außerdem ist die Möglichkeit, als blinder Passagier an Bord zu kommen und sich in den Gästebereich zu schleichen, sehr unwahrscheinlich. Wir hatten schon seit Jahren keine blinden Passagiere mehr. Das ist ein Relikt aus der Christlichen Seefahrt!«

Christiansen kannte das System besser als jede andere.

»Niemand kommt oder geht ohne Überprüfung an bzw. von Bord des Schiffes.«

Frieda grübelte. Irgendetwas hatte sie übersehen.

»Außerdem …«, schaltete sich Pavel Slobowicz ein, »… ist es vollkommen egal, ob jemand an Bord oder an Land vermisst wird, wenn der Täter unerkannt bleibt, ist das Resultat gleich.«

»Nicht ganz, Pavel!«, korrigierte Frieda ihren Bodyguard.

»Wenn jemand an Bord wäre, der in einer Verbindung zu Phyllis Michalek stünde, dann könnte er beim Überprüfen der Passagierliste in den Fokus der Ermittlungen geraten. So geht der Täter unerkannt von Bord und niemand schert sich um die Passagierliste der AIDAaura.«

»Es sind einfach zu viele Ungereimtheiten in ihrer Theorie!«, wandte Christiansen ein.

»Natürlich, aber wir stehen erst am Anfang und haben einen entscheidenden Hinweis, dem wir nachgehen sollten. Wir müssen die Passagierliste checken. Vielleicht stoßen wir auf die Verbindung eines Gastes zu Phyllis Michalek!«

»Wir sind hier an Bord eines Schiffes, Frau Olsen. Dazu fehlen uns die technischen Mittel, vom Datenschutz ganz zu schweigen.«

»An Bord hat der Kapitän das Sagen! Wen interessiert außerhalb der 12-Meilen-Zone das Datenschutzgesetz?«

»Sie einfach ist das nicht, Frau Olsen!«

Natürlich kannte Frieda die datenschutzrechtlichen Hindernisse solcher Ermittlungen, über die sie sich allerdings regelmäßig hinwegsetzte.

»Es sei denn …«

Frieda schoss eine Idee durch den Kopf.

»Wir müssen irgendwie an die Aufnahmen dieser Influencergruppe kommen.«

»Wir können höflich fragen!«, schlug Christiansen vor.

»Dann lassen Sie uns zum Pooldeck gehen, dort halten die jungen Leute sich meistens auf!«, forderte Frieda voller Tatendrang.

»Nein! Es tut mir leid, aber ich muss Ihre Ausschiffung vorbereiten. Sie gehen in zwei Stunden von Bord.«

»Dann sollten wir uns beeilen!«, erwiderte Frieda ruhig.

Sie würde bis zur letzten Sekunde versuchen, den Mörder des Privatdetektivs zu finden. Und Hektik verleitete zu vorschnellen Schlüssen, deshalb zwang sie sich zu Gelassenheit.

»Was versprechen Sie sich davon?«

»Antworten, meine Liebe, Antworten!«

Frieda hatte das extrovertierte Verhalten von Phyllis Michalek von Anfang an als übertrieben empfunden und vermutete jetzt, dass es zur Ablenkung gedient hatte. Zum Beispiel, um einen Mord zu vertuschen.

Wie gerufen erschien die blonde, junge Frau mit ihrem Kamerateam auf dem Panoramadeck. Sie setzte sich an der Reling in Pose. Frieda nickte Christiansen zu. Das war der richtige Moment.

Die drei staunten, als die Staffkapitänin sie ansprach und ihr Anliegen vorbrachte. Einer der Kameramänner zückte sein Handy und wollte das Gespräch mitfilmen, woraufhin Christiansen ihre Hand vor die Handylinse hielt.

»Ich bin im Dienst!«, sagte sie freundlich, aber bestimmt.

Enttäuscht ließ er sein Handy in der Hosentasche verschwinden.

Christine Zabel hatte Frieda Olsens Ausführungen konzentriert verfolgt.

Je länger sie zuhörte, desto sicherer fühlte sie sich.

Sie hatte einen Mord beobachtet! Ein Verbrechen war vor ihren Augen ausgeführt worden!

Sie hätte energischer auftreten müssen, aber letztendlich hatte das Schiff ja gestoppt und eine Rettungs- und Suchaktion gestartet. Aber hätte der Kapitän die Suche so schnell abgebrochen, wenn sie auf ihrer Aussage beharrt hätte?

Ihre Gedanken schwirrten wie ein Hummelschwarm umher.

Dies war nicht die Kreuzfahrt, von der sie ein Leben lang geträumt und für die sie so viele Jahre gespart hatte!

47

Der Sprung von Phyllis Michalek in das Hafenbecken befand sich nicht auf den Filmaufnahmen des Influencerteams. Sie waren von einem Stadtausflug in Antsiranana zurückgekommen und hatten Aufnahmen auf der Gangway gemacht.

Während sie erzählten, spielten sie diese auf ihrem Laptop ab und es war lediglich Geschrei und Applaus zu hören.

Die Rettung der im Hafenbecken schwimmenden Frau durch eines der Lotsenboote der Hafenbehörde, hatten sie gefilmt. Sie wollten das Material zu einem Film zusammenschneiden, in dem es dann so aussähe, als wäre die Influencerin maßgeblich an der Rettungsaktion beteiligt. Es gab Aufnahmen von ihr ganz nah am Pier, als Phyllis Michalek an der Kaimauer abgesetzt wurde.

Frieda runzelte missbilligend die Stirn.

»So ist das Leben!«, klärte sie einer der Kameramänner auf.

»Alles Täuschungen, die nichts mit der Realität zu tun haben!«

Frieda nickte nachdenklich, als Christiansen sich einschaltete:

»Ich rufe den Airport an und erkundige mich, ob Phyllis Michalek von dort abgeflogen ist. Wenn es eine Doppelgängerin gibt, so würde sie die Passkontrolle nicht überlisten können!«

Ernesto hatte Friedas Gepäck zur Rezeption gebracht und stand bereit, um es die Gangway hinunter zum Taxi zu bringen.

In den letzten zwei Stunden hatte sie, gemeinsam mit der Staffkapitänin, nochmals das Videomaterial gesichtet. Der Sprung war nicht aufgezeichnet worden. Wahrscheinlich war Phyllis Michalek von einem der unteren Decks ins Wasser gesprungen, dort gab es einige tote Winkel, die von den Kameras nicht erfasst wurden.

Frieda ging im Security-Room die Aufnahmen des Panoramadecks wieder und wieder durch.

Was übersah sie?

Sabine Christiansen wies darauf hin, dass das Taxi bereits wartete, als ihr Handy klingelte. Der Flughafen meldete, dass Phyllis Michalek am Vortag auf einer Maschine nach Deutschland eingecheckt hatte.

»Damit ist die Theorie einer Doppelgängerin vom-Tisch!«, seufzte Frieda und hielt sich mit Daumen und Zeigefinger die Nasenwurzel, um einen Gedanken festzuhalten.

Slobowicz und die Staffkapitänin sahen sie an.

»Bei allem Respekt, Frau Olsen, lassen Sie's gut sein! Wir haben das Geständnis von Hermann Seitz und das reicht uns!«

Christiansen musste Entscheidungen aufgrund von Fakten treffen. Spekulationen dienten nicht als Grundlage für Befehle an Bord.

Frieda nahm ihr das nicht übel, denn trotz des starken Gefühls, etwas übersehen zu haben, ließ sich ihre Theorie nicht aufrecht erhalten.

In diesem Moment erklang aus den Deckslautsprechern:

OSKAR, OSKAR, OSKAR – Portside.

OSKAR, OSKAR, OSKAR – Portside.

Christiansen und Slobowicz riefen gleichzeitig:

»Mann über Bord an Backbord? Unmöglich! Wir liegen backbords am Pier!«

48

Der Mann-über-Bord-Alarm klärte sich schnell auf. Ein Passagier war bei dem Versuch, eine Nahaufnahme vom Bug der AIDAaura zu machen, rückwärts am Pier entlang gegangen und schließlich von der Kaimauer ins Hafenbecken gefallen.

Bevor die Crew zu Hilfe eilen konnte, erklomm er eine der metallenen Leitern an der Kaimauer und stand bereits wieder am Pier. Aus seinem Rucksack floss Wasser und sein Handy lag unwiederbringlich auf dem Grund des Hafenbeckens.

Von den Decks der AIDAaura kam Applaus und der Unglücksrabe nahm es mit Humor. Er hielt beide Arme in Siegerpose hoch.

Offensichtlich war er unverletzt, dennoch ließ Christiansen ihn ins Bordhospital bringen.

Frieda verfolgte das Geschehen nachdenklich und trat schließlich an die Kaimauer. Dort schaute sie konzentriert an dem riesigen Schiffsrumpf hinauf zu den Außendecks. Schließlich bestieg sie das Taxi.

Sie hätte gern noch die Kabine von Johann Polk angesehen, um nach Hinweisen zu suchen, aber weder Christiansen noch Krasnici waren gewillt, sie weiter an Bord ermitteln zu lassen.

Pavel Slobowicz nahm auf dem Beifahrersitz Platz. Er würde bis zur Abfahrt der AIDAaura um 19:00 Uhr für Friedas Sicherheit garantieren. Der Kapitän wollte kein Risiko eingehen, auch wenn er erhebliche Zweifel hatte, dass noch Gefahr bestand.

Als das Taxi das Hafengelände verließ und in die kreolische Stadt fuhr, ließ Frieda ein bestimmter Gedanke nicht los.

Sie tippte Pavel von hinten auf die Schulter.

»Wie kann ein blinder Passagier am einfachsten an Bord eines Schiffes kommen?«

Slobowicz drehte sich in dem kleinen Renault umständlich um, blickte Frieda fragend an und zuckte mit den Achseln.

»Es muss doch eine Möglichkeit geben!« murmelte sie.

49

Die alte Frau war ihm bedenklich nah gekommen.

Aber nun würde sie ihm nicht mehr gefährlich werden, denn er verließ hier auf den Seychellen die AIDA-aura, um nach Madagaskar zu fliegen und seine Frau zu suchen. Sie war weder zurück nach Deutschland geflogen noch im Grand Hotel in Antsiranana zu erreichen.

Als treusorgender Ehemann durfte er nicht einfach weiter mit dem Schiff nach Venedig fahren.

Ja, sie hatten einen Streit gehabt, den sie zum Anlass genommen hatte, die Reise in Antsiranana abzubrechen. Er war verletzt gewesen und hatte sie ziehen lassen.

Aber da die Kinder sich Sorgen machten, weil sie ihre Mutter nicht erreichen konnten, nagte das schlechte Gewissen an ihm und er war bereit, seinen Stolz zu überwinden. Er würde seinen Urlaub abbrechen, um sie ausfindig zu machen.

Vieles auf der Kreuzfahrt war nicht wie geplant verlaufen, aber die Rechnung ging immer noch auf.

Karin würde leben, bis er alles geregelt hatte. Ihm blieben mindestens zwei Jahre, um seine Zukunft zu sichern!

Als er an der Gangway mittschiffs auf Deck 2 seine Bordkarte und die Koffer vorzeigte und verkündete, hier auf den Seychellen ausschiffen zu wollen, wies das philippinische Crewmitglied ihn an, einen Augenblick zu warten.

Augenblicklich schnellte sein Puls in die Höhe.

Was hatte das zu bedeuten? Wäre er aufgeflogen, hätte man ihn längst aufgesucht und befragt.

Nach knapp 10 Minuten, in denen er ein Wechselbad aus Angst und Vorfreude durchlebte, sagte der Crewmitarbeiter endlich:

»Vielen Dank für Ihre Geduld! Wir wünschen Ihnen eine gute Weiterreise!«

Erleichtert und um Gelassenheit bemüht, schritt er die Gangway hinab.

Oben auf dem Brückennock stand Staffkapitänin Christiansen und beobachtete durch ein Fernglas, wie Armin Mehdorn ein Taxi bestieg.

Kurz zuvor hatte sie Slobowicz angerufen und berichtet, dass nach Frieda Olsen ein weiterer Passagier die Reise in Mahé abbrach.

Sie hatte die Minuten, die sie Armin Mehdorn aufhalten konnte, genutzt, um sich mit dem Kapitän abzusprechen.

Krasnici war verwundert und alarmiert. Es schien nachvollziehbar, dass Mehdorn nicht ohne seine Frau weiterreisen wollte, aber warum hatte er zwei Tage gewartet und checkte jetzt ausgerechnet direkt nach Frieda Olsen aus?

Der Kapitän befahl zwei Security-Offizieren, die Uniform abzulegen und Armin Mehdorn zu folgen.

Es behagte ihm nicht, seine Offiziere in einem fremden Land zivile Polizei spielen zu lassen.

Einerseits wirkte das Verhalten zwar auf den ersten Blick verdächtig, aber im Grunde genommen hatte er nichts Handfestes gegen Armin Mehdorn in der Hand, um zu rechtfertigen, ihn beobachten zu lassen. Dennoch lag ihm daran, alles für Frieda Olsens Sicherheit zu tun.

Die Hafenbehörde war über die Vorfälle an Bord unterrichtet worden und hatte sich erleichtert über das Geständnis von Hermann Seitz gezeigt. Überkontinentale Behördenberichte bedeuteten viel Schreibarbeit!

Mitten in diese Gedanken des Kapitäns hinein klingelte sein Telefon.

Bei der Reederei in Rostock hatten sich die Töchter von Karin Mehdorn gemeldet, da sie ihre Mutter seit zwei Tagen nicht erreichen konnten. Der Vater habe erklärt, sie sei in Antsiranana von Bord gegangen, aber ihr Handy sei ausgestellt.

Die Familie konfrontierte die Reederei und den Kapitän mit dem Vorwurf, eine krebskranke Frau auf einem fremden Kontinent ausgesetzt zu haben.

»Ich habe sie nicht ausgesetzt! Sie hat das Schiff auf eigenen Wunsch verlassen. Hätte ich sie anketten sollen?«, rief Krasnici aufgebracht.

50

Ich kann das nicht mehr. So war das nicht geplant!«

Gabriele Döpper bereitete das Geheimnis, das sie mit den beiden Astrologen teilte, schlaflose Nächte.

»Ich muss es dem Kapitän sagen!«

Helga Bunge und Dieter Hegner reagierten ablehnend. Ihnen war bewusst, dass die Ereignisse sich überschlagen hatten, trotzdem schien das Schicksal es gut mit ihnen zu meinen.

»Aber es ist doch alles gut gelaufen!«, beschwichtigte Dieter Hegner.

Natürlich war der Mord im Theater nicht vorhersehbar gewesen, doch es gab keinen Grund, irgendetwas zu bereuen oder gar zu gestehen.

»Beruhigen Sie sich! Niemand kann Ihnen etwas nachweisen!«

»Aber alle wissen, dass ich den Mord sozusagen angekündigt habe!«

»Sie haben ein Alibi und alles andere muss Sie nicht kümmern!«, sagte Helga Bunge resolut.

»Es kümmert mich aber! Jemand ist ermordet worden!«

Hegner und Bunge war vorher klar gewesen, dass Gabriele Döpper eine Schwachstelle in ihrem Plan bedeutete. Dieser Mord im Theater hätte nicht geschehen dürfen, aber eine Beichte vor dem Kapitän würde den Toten nicht wieder lebendig machen!

Jetzt war es wichtig, dass niemand ihnen auf die Schliche kam.

»Denken Sie an die Konsequenzen!«, mahnte Helga Bunge.

»Und was, wenn wir alle dafür ins Gefängnis kommen?«

Die Astrologen schüttelten ungehalten den Kopf.

»Sie haben den Mord ja nicht begangen!«

Die Astrologen bereuten zutiefst, ausgerechnet diese labile Frau als Komplizin auserkoren zu haben.

51

Frieda saß in dem Café ihres Hotels und blickte auf den Hafen. Es war den guten Verbindungen der Reederei zu verdanken, dass sie ein Zimmer bekommen hatte. Die Seychellen richteten einen ostafrikanischen Umweltgipfel aus und in Victoria herrschte für drei Tage Ausnahmezustand.

Sie schaute überrascht auf, als Pavel Slobowicz ihr sein Telefon überreichte.

»Für Sie, die Staffkapitänin.«, sagte er knapp.

Sabine Christiansen berichtete, dass Armin Mehdorn eine halbe Stunde nach ihr ausgeschifft hatte. Frieda war überrascht.

Wieso verfolgt er mich?

Sie hatte etwas über seine Frau im Internet gelesen und wusste, dass das Ehepaar in Düsseldorf beheimatet war. Frieda war vor zig Jahren mit Jörg für ein Wochenende in dieser Stadt gewesen. Sie hatten das Musical *starlight* angesehen und ihren 30-jährigen Hochzeitstag gefeiert.

Was in aller Welt wollte dieser Mann von ihr?

»Also ist doch jemand hinter mir her?«

Frieda bemerkte das Zögern am anderen Ende der Leitung.

»Das können wir nicht mit Gewissheit sagen! Wir haben die Meldung von der Familie erhalten, dass Karin Mehdorn seit vorgestern nicht erreichbar ist.«

»Wie bitte?«, rief Frieda erstaunt.

»Mittlerweile sind 48 Stunden vergangen und die Familie hat eine Vermisstenanzeige aufgegeben, zumal Frau Mehdorn Krebs im Endstadium hat!«

Frieda atmete hörbar ein.

»Sind das für Ihren Geschmack nicht zu viele Zufälle auf einmal?«

»Was soll ich sagen, Frau Olsen. Ich kenne mich als Staffkapitänin auf See und mit Schiffen aus. Ich kann nachts über die Weltmeere navigieren, aber ich sehe nicht so viel Tatort oder lese Krims, als dass ich mich mit Mord auskennen würde.«

Sabine Christiansen war es leid, Ermittlerin zu spielen!

»Ich habe niemals eine Folge Tatort gesehen, Frau Christiansen. Mein Mann war über 30 Jahre Strafverteidiger und statt Krimis habe ich Ermittlungsakten gelesen!«, stellte Frieda mit unüberhörbarem Stolz in der Stimme klar.

Sie wollte vor ihr auf keinen Fall als Hobbydetektivin dastehen, die ihr Wissen aus Serien oder Romanen bezog.

»Entschuldigen Sie, Frau Olsen, das habe ich damit nicht sagen wollen! Jedenfalls sind Sie nicht in Gefahr. Der Kapitän hat zwei seiner Offiziere für die Beschattung von Mehdorn abgestellt und Slobowicz ist sowieso bei Ihnen. Nur für den Fall, dass Mehdorn Sie aufsuchen sollte.«

Dann hörte Frieda im Hintergrund die Stimme von Brokalakis:

»Staffkapitänin, diese Frau sagt, sie weiß, wer den Mord im Theater zu verantworten hat.«

Jetzt war die aufgelöste Gabriele Döpper zu hören.

»Ich glaube, die Astrologen Helga Bunge und Dieter Hegner sind in den Mord im Theater verwickelt! Sie hatten mir vor Antritt der Reise aufgetragen, während des Workshops diese Vision vorzuspielen, es war alles ein abgekartetes Spiel! Aber wie hätten sie wissen können, dass dem Opfer die Kehle durchgeschnitten und er an seinem eigenen Blut ersticken würde, wenn sie nicht selbst …«

Der Satz endete in hemmungslosem Schluchzen.

»Wir reden später weiter, Frau Olsen!«

Mit diesen Worten legte die Staffkapitänin kurzerhand auf.

Frieda ließ sich in einen Sessel fallen und starrte auf einen imaginären Punkt an der Decke des Hotelzimmers.

Was hatte Gabriele Döpper gesagt? Die beiden Astrologen als Mörder?

Eine halbe Stunde saß Frieda mit geschlossenen Augen im Sessel, lauschte dem Lärm der Hafenstadt, der durch das geöffnete Fenster zu ihr drang und sortierte ihre Gedanken. Als Pavel Slobowicz sich taktvoll zurückziehen wollte, da er vermutete, sie sei eingeschlafen, hielt Frieda ihn mit einer Handbewegung zurück.

»Warten Sie, Pavel, wir haben gleich etwas zu tun!«

Sie rief Klaas an.

»Das ist vollkommen unmöglich!«, platzte er heraus, nachdem sie ihr Anliegen vorgebracht hatte.

»Dann bleibt mir nichts anderes übrig, als an die Presse zu gehen!«, drohte Frieda.

»Das ist nicht dein Ernst, Mama!«

»Mir ist nicht nach Späßen!«

»Das ist unverantwortlich von dir! Krasnici ist ein erfahrener Kapitän und Sabine ist auf dem besten Weg, die erste Kapitänin auf einem AIDA-Schiff zu werden. Die wissen, was sie tun!«

Klaas war daran gelegen, seine Mutter von ihrem Vorhaben abzubringen.

»Sabine? Du kennst sie? Eine wirklich reizende, junge Frau …«

Frieda konnte diese Bemerkung wider besseren Wissens nicht unterdrücken.

»Das tut nichts zur Sache! Halte dich einfach aus dem Fall heraus und vertraue auf die Kompetenz der beiden!«

»Sie sind aber keine Polizisten!«

»Das bist du auch nicht!«

Sie starrte auf den Hörer, als könne er am anderen Ende ihren bösen Blick sehen.

»Nein, aber ich habe bereits bewiesen, dass ich eine gute Polizistin abgeben würde!«

»Trotzdem ist das ausgeschlossen! Ich kann Krasnici nicht nahelegen, dich wieder an Bord zu holen! Er hat diesen Entschluss wohlüberlegt gefasst und ich schließe mich dem ausdrücklich an!«

»Dann werde ich aufs Ganze gehen und die Reederei erpressen!«

Damit legte sie auf und drückte drei Rückrufe ihres Sohnes innerhalb der nächsten Minute weg.

Sie hatte jetzt Wichtigeres zu tun!

»Pavel!«, wandte sie sich an ihren Begleiter.

»Ich werde Ihnen jetzt mein Vorhaben mitteilen und es wird Ihnen ganz sicher nicht gefallen!«

In diesem Moment klopfte es an der Hotelzimmertür.

Pavel Slobowicz bedeutete ihr mit einer Handbewegung, zurückzutreten. Als er die Tür öffnete, versperrte sein Rücken ihr die Sicht und dann ging ein Ruck durch seinen Körper.

52

Auf der Brücke der AIDAaura versuchte Kapitän Krasnici, den Überblick zu behalten.

Fast im Minutentakt stürzten neue Informationen auf ihn ein.

»Lassen Sie diese beiden Astrologen herbringen! und zwar mit Bewachung! Außerdem will ich Christine Zabel hier haben!«

Krasnici würde die Sache klären oder die Reise abbrechen.

Damit verschwand er und ließ Sabine Christiansen mit Gabriele Döpper in der Kapitänsmesse zurück.

Er musste dringend etwas unternehmen!

53

Als Slobowicz Friedas Zimmertür öffnete, hatte er mit allem gerechnet, aber nicht mit der Person, die vor ihm stand.

Er nahm überrascht Haltung an und salutierte.

Kapitän Krasnici ging an ihm vorbei, nickte Frieda zu und setzte sich in einen Sessel. Das Zimmer in dem Victoria-Garden-Hotel war vergleichbar mit der Junior-Suite an Bord.

Er kam ohne Umschweife zu dem Grund seines Besuches.

»Die Sache läuft aus dem Ruder und ich befinde mich in einer Zwickmühle!«

Frieda nickte wissend.

»Die Polizei kann ich erst einschalten, wenn ich weiß, was auf meinem Schiff geschehen ist, andernfalls kann das eine Untersuchung nach sich ziehen, deren Ende nicht absehbar ist. Außerdem kann ich schlecht 1000 Passagiere an Bord festhalten, bis die hiesige Polizei aktiv wird!«

Frieda ahnte bereits, worauf der Kapitän hinauswollte und unterdrückte einen erleichterten Ausruf.

»Ich bitte Sie, zurück an Bord zu kommen und mir zu helfen, diesen Mord aufzuklären!«

Krasnici äußerte diese Bitte ohne Groll oder Rechtfertigungen. Offensichtlich hatte er seine Einstellung ihr gegenüber geändert.

»Ich habe gerade mitangehört, dass Gabriele Döpper ausgesagt hat, die beiden Astrologen hätten etwas mit dem Mord zu tun!«

Krasnici nickte.

»Es wird immer verrückter!«

»Genau das hatte ich gerade vor, Kapitän!«

»Was genau?«, fragte er verwirrt.

»Zurück an Bord zu kommen! Wenn nötig, hätte ich die Reederei erpresst!«

Frieda nahm dieser Aussage mit einem Lächeln die Schärfe, aber Krasnici erkannte in ihren Augen, dass sie nicht scherzte.

»Dann hätte ich Sie mitten auf dem Ozean in einem Beiboot ausgesetzt!«, erwiderte er, ohne mit der Wimper zu zucken.

Beide schwiegen einen Augenblick, bevor Frieda lachte.

»Und Sie hätten mir nur Wasser und Brot gelassen, richtig?«

Krasnici saß regungslos und verzog keine Miene.

»Kein Brot!«

Dann endlich ließ auch er ein schmallippiges Lächeln erkennen.

Sie hatten ein mentales Armdrücken ausgefochten und waren jeder für sich mit einem Unentschieden zufrieden.

»Bevor wir aufbrechen, muss ich einen Anruf tätigen!«, forderte Frieda und stellte bereits eine Verbindung zu der ehemaligen Kanzlei ihres Mannes her.

»Wolfgang«, flötete sie in den Hörer.

»Frieda, wie schön, deine Stimme zu hören!«

Nach Jörgs Tod war Wolfgang ein mehr oder weniger heimlicher Verehrer gewesen, aber Frieda hatte deutlich gemacht, dass sie an einer Beziehung kein Interesse habe und seine Freundschaft ihr immer wertvoll sein würde. Mittlerweile hatte sich Wolfgang damit abgefunden und sie sahen sich in unregelmäßigen Abständen zum Essen.

»Ich rufe dich aus dem sonnigen Victoria an!«

»Victoria in Kanada?«

»Seychellen, Wolfgang, Seychellen!«, erwiderte sie lachend.

»Du bist doch nicht etwa wieder auf einem dieser Kreuzfahrtriesen? «

»Doch! Und ich brauche wieder einmal dringend deine Hilfe, um weiterzukommen!«

»Was heißt *um weiterzukommen*?«

Sie stockte kurz. Wolfgang hatte auf den letzten beiden Reisen die entscheidenden Informationen an sie gegeben. Würde er ähnlich wie der Kapitän oder die Besatzung reagieren?

»Was ist dieses Mal passiert?«, fragte er ungeduldig.

»Wir haben einen Todesfall an Bord!«

Weiter kam sie nicht.

»Frieda, ich glaube es nicht! Buchst du den Mord bei deinen Urlaubsreisen gleich mit?«

»Fang du nicht auch noch an, mich als böses Omen hinzustellen! Darüber können wir reden, wenn ich zurück bin!«

»Verzeih, das war eine dumme Reaktion von mir! Du weisst, ich bin immer für dich da!«

»Danke, das ist gut zu wissen!«

Sie nannte verschiedene Namen und bat ihn, Informationen zu diesen Personen zusammenzutragen.

»Für dich werde ich meine Kontakte bei der Staatsanwaltschaft, der Polizei und einigen Ämtern überstrapazieren!«

Wolfgang arbeitete seit 40 Jahren als Strafverteidiger und hatte im Laufe der Jahre ein Netzwerk aus Kontakten aufgebaut.

»Ich zähle auf dich!«, antwortete Frieda, ohne darauf einzugehen.

»Ich rufe zurück!«, seufzte er. Wenn er ehrlich war, freute er sich über jeden Kontakt und genoss es sogar, bei ihren Ermittlungen behilflich sein zu können.

Krasnici sah Frieda verwundert an.

»Ein alter Freund, der mir einen Gefallen schuldet!«, erklärte sie abwiegelnd.

Als sie in das wartende Taxi vor dem Hotel stiegen, wandte sich Frieda an den Kapitän.

»Wissen Sie, wie man als blinder Passagier auf ihr Schiff kommen kann?«

Krasnici schüttelte energisch den Kopf.

»Unmöglich, ein Schiff ist genauso sicher wie ein Flugzeug, da kommt kein blinder Passagier an Bord!«

»Es gibt eine Möglichkeit!«, verkündete Frieda.

Pavel Slobowicz, der neben Krasnici ging, zuckte mit den Schultern, als sein Kapitän ihn verständnislos ansah.

»Ich konnte die Frage auch nicht beantworten!«

54

Als Frieda in Begleitung der beiden Männer an der Gangway stand, sahen sie das Influencer-Trio am Pier. Die blonde, junge Frau posierte mit diversen Hüten, Kopftüchern und Brillen vor dem Kussmundbug des Schiffes.

Sie drehte sich, ließ ihr leichtes Kleid im Wind flattern und warf ihren Hut in die Luft. Frieda stellte anerkennend fest, dass dieser Anblick wirklich schön war.

Die beiden jungen Männer bedienten Kamera und Mikrofon und reichten immer wieder neue Accessoires. Wahrscheinlich wurde sie von einer Modemarke gesponsort und vielleicht sogar von der Reederei, da viele Aufnahmen vor dem Schriftzug gemacht wurden.

Das Model stieg auf einen der Poller, über dem die Festmacher des Schiffes lagen und balancierte auf einem Bein, als sie plötzlich abrutschte. Mit den Armen rudernd, erlangte sie das Gleichgewicht zurück und sprang auf den Boden. Um ein Haar wäre sie im brackigen Hafenwasser gelandet.

Das Filmtrio bog sich vor Lachen und setzte schließlich seine Arbeit fort.

Frieda, Krasnici und Slobowicz hatten den Atem angehalten und den Beinahe-Sturz verfolgt.

»Wir brauchen die drei, um uns ihre Aufnahmen noch einmal anzusehen!«, wandte sich Frieda an den Kapitän, der einen Moment überlegte, ob er Gäste in die Ermittlungen einbeziehen wollte.

Schließlich befahl er Slobowicz, die drei in die Kapitänsmesse zu bitten.

»Wenn das so weitergeht, wird es eng auf der Brücke!«, bemerkte er ernst, aber Frieda nahm seine Anspielung mit Gelassenheit. Sie musste sich auf das Wesentliche konzentrieren!

»Ich benötige eine viertel Stunde in meiner Suite, um mich frisch zu machen!«, verkündete sie lächelnd.

Krasnici sah sie verwundert an.

»Ich muss die Toilette aufsuchen!«

»Oh, Verzeihung, ja natürlich!«, antwortete er und bedeutete Slobowicz, Frieda zu begleiten.

Auf dem Flur zu ihrer Kabine sah sie Ernesto und stellte erleichtert fest, dass er sich über ihre Rückkehr freute.

Eine Kabinentür öffnete sich und der heraustretende Gast ging einen Schritt auf die kleine Gruppe zu, um dann auf dem Absatz kehrtzumachen und sich eiligen Schrittes in die entgegengesetzte Richtung zu entfernen. Frieda starrte ihn an und versuchte, sich zu erinnern, woher sie das Gesicht kannte.

»Warten Sie!«, rief Frieda ihm hinterher. »Sie kenne ich doch!«

Wo hatte sie dieses Gesicht schon einmal gesehen?

55

Als Frieda und Slobowicz auf der Brücke eintrafen, setzte Christiansen sie über den Bericht der Offiziere in Kenntnis. Armin Mehdorn war direkt vom Schiff ins Hilton gefahren, hatte dort eingecheckt und sein Zimmer seitdem nicht verlassen.

»Ich kann noch nicht sagen, welche Rolle Mehdorn in diesem Fall spielt, aber konzentrieren wir uns erst einmal auf Phyllis Michalek und die Person, die in der ersten Nacht über Bord gegangen ist!«, schlug Frieda vor.

Die Staffkapitänin sah sie mit offenem Mund an.

»Sie glauben immer noch, dass an der Geschichte was dran ist?«

»Es ist die einzig logische Schlußfolgerung!«

»Und Johann Polk?«

»Das wird sich aufklären, da bin ich mir sicher!«

»Wir haben die persönlichen Dinge aus seiner Kabine sichergestellt. Außer Kleidung, Kulturtasche und Handy konnten wir nichts finden. Keine Notizen oder Aufzeichnungen.«

»Können Sie das Handys entsperren? Vielleicht hat er etwas fotografiert oder die Notizfunktion genutzt?«

Christiansen wies Brokalakis an, das Mobiltelefon zu holen.

»Ich würde gern mit Gabriele Döpper sprechen«, wandte Frieda sich an Krasnici.

»Sie wartet im Nebenraum, ich begleite Sie!«

»Nehmen Sie es bitte nicht persönlich, Kapitän, aber ich würde es vorziehen, von der Staffkapitänin begleitet zu werden.«

Frieda wollte bei der Befragung eine weniger offizielle Atmosphäre schaffen.

Gabriele Döpper saß verunsichert am Tisch in dem kleinen Brückenbüro.

Als sie Frieda erkannte, brach sie sofort wieder in Tränen aus.

»Verzeihen Sie, Frau Olsen, dass ich so unfreundlich zu Ihnen war, aber das geschah auf Anweisung von Frau Bunge und Herrn Hegner!«

Frieda setzte sich. Sie hatte mit Christiansen besprochen, dass sie in der Tür stehen bleiben würde, um in einer eventuellen Gefahrensituation eingreifen zu können. Obwohl Frieda nicht damit rechnete, wollte sie kein Risiko eingehen.

Gabriele Döpper berichtete Frieda, dass das Astrologenpaar ihr diese Reise bezahlt hatte und sie im Gegenzug dafür bei dem ersten Workshop an Bord die Vision eines an seinem Blut erstickenden Mannes inszenieren sollte.

»Wie sind die beiden auf Sie gekommen?«

»Ich bin arbeitslose Laienschauspielerin und habe im Internet nach einem Job gesucht. Mir erschien dieses Angebot wie die Erfüllung meiner Träume!«

»Wissen Sie, warum Sie das spielen sollten?«

»Sie sagten, der Tod gehöre zum Geschäft! Habe ich zu spät gehandelt? Bin ich Schuld an dem Tod des Mannes im Theater?«

Frieda beantwortete diese Frage nicht.

»Haben Sie die beiden explizit über den Mord sprechen hören?«

»Nein, außerdem sind sie von morgens bis abends in Einzelsitzungen mit Klienten. Sie sagten aber, dass der Mord das Beste war, was ihnen passieren konnte.«

Christiansen beugte sich zu Frieda herunter und flüsterte ihr zu, dass Helga Bunge und Dieter Hegner im Nebenraum warteten.

Es klopfte an der Tür und Krasnici streckte seinen Kopf durch den Spalt.

»Telefon für Sie, Frau Olsen.«

Als Frieda aufstand und zur Tür ging, sagte Gabriele Döpper:

»Ich schäme mich so sehr, das müssen Sie mir glauben! Ich wünschte, ich wäre einfach jemand anderes!«

56

Frieda hatte ihr Handy bei dem Kapitän gelassen, um sich ganz auf Gabriele Döpper konzentrieren zu können und trotzdem Wolfgangs Anruf nicht zu verpassen. Krasnici hatte das Gespräch nach dem ersten Klingeln angenommen und sich gemeldet:

»Hier spricht Kapitän Krasnici von der AIDAaura, bitte warten Sie einen Moment, ich hole Frau Olsen!«

Frieda nahm ihr Handy zur Hand und konnte Wolfgangs Schmunzeln hören.

»Hut ab, meine Liebe! Da hast du ja einen hochkarätigen Sekretär rekrutiert! Wieso überrascht mich das nicht?«

Mit einem Blick zu Krasnici vergewisserte Frieda sich, dass dieser die Bemerkung nicht gehört hatte und antwortete:

»Ja, ich freue mich, dass du so schnell zurückrufst! Was hast du herausgefunden?«

Wolfgang raschelte mit Papier und räusperte sich. »Diese beiden Astrologen haben ein Betrugsverfahren durch Zahlung einer Strafe abwenden können.«

»Was heißt das?«

»Sie haben auf einem privaten Astrofernsehkanal mit fingierten Telefonanrufen gearbeitet. Das Verfahren wurde mit der Zahlung eines Bußgeldes eingestellt.«

»Eingestellt? Sind sie nun Betrüger oder nicht?«

»So wird häufig geurteilt, wenn das Vergehen nicht schwerwiegend war, bzw. kein finanzieller Schaden entstanden ist. Die Zahlung einer vom Gericht festgesetzten Summe ist dann die einzige Strafe. Um deine Frage zu beantworten: es handelt sich eindeutig um Betrug, aber keiner von beiden ist vorbestraft.«, erläuterte Wolfgang.

Frieda fragte sich, wie groß der Schaden sein musste, damit ein Staatsanwalt ein Vergehen verfolgte.

»Außerdem gab es einige Betrugsanzeigen seitens unzufriedener Kunden, von denen keine zu einer Verurteilung führte.«

»Das könnte sich jetzt ändern!«, frohlockte Frieda. »Und weiter, was hast du noch?«

Am anderen Ende der Leitung hörte sie Wolfgang scharf einatmen.

»Phyllis Michalek arbeitete in einem Reisebüro.«

»Moment, wieso *arbeitete*?«

»Sie hat vor zwei Monaten gekündigt und nimmt zur Zeit ihren Resturlaub. Sie kehrt nicht zurück in die Firma!«

»Was du alles herausfindest!«, staunte Frieda.

»Wenn ein aufgelöster, alter Mann im Reisebüro anruft und sie sprechen will, weil er seine Reiseunterlagen verloren hat, dann gibt man ihm bereitwillig Auskunft!«

»Lass mich raten! Den alten Mann musst du gar nicht spielen, oder?«

Wolfgangs Empörung war von Lachen begleitet.

»Ihre Kollegin plauderte aus, dass sie das große Los gezogen und einen reichen Mann kennengelernt hat.«

Frieda war sich sicher, Phyllis Michalek nie in Begleitung gesehen zu haben!

»Weiter zu dem Ehepaar Mehdorn. Sie sind steinreich, wobei das Vermögen allein der Frau gehört. Es gibt das Gerücht, sie sei schwer an Krebs erkrankt, aber da in Kürze der Börsengang des Unternehmens bevorsteht, gibt es keine offizielle Stellungnahme.«

»Sie hat nicht mehr lange zu leben!«, sagte Frieda mitfühlend.

»Ich habe sie hier an Bord gesehen, bevor sie das Schiff verlassen hat.«

»Unglücklicherweise gilt sie seit zwei Tagen als vermisst!«, fuhr Wolfgang fort.

»Glaubst du, hier liegt ein Verbrechen vor?«, fragte Frieda.

»Du denkst an den Ehemann?«

»An wen sonst? Sie hat vorgestern in Madagaskar ausgeschifft und er ist erst heute von Bord gegangen.«

Frieda kam ein Gedanke und sie wandte sich an den Kapitän:

»Können Sie überprüfen, ob Armin Mehdorn das Schiff in Madgaskar verlassen hat?«

Krasnici nickte und griff zu seinem Funkgerät.

»Ich denke, da bist du definitiv auf dem Holzweg. Geld kommt in diesem Fall als Motiv nicht in Frage. Es ist ein offenes Geheimnis, dass Armin Mehdorn ein Schürzenjäger und die Ehe zerrüttet ist. Im Erbfall ginge das gesamte Vermögen an die beiden Töchter. Er hätte kein Motiv, sondern sollte bemüht sein, dass seine Frau so lange wie möglich lebt, um seinen Lebensstil zu finanzieren.«

Friedas Gedanken überschlugen sich und sie reagierte nicht auf Wolfgangs Erläuterungen.

»Frieda, bist du noch da?«

»Ja! Entschuldige, Wolfgang, aber ich muss mich sortieren und melde mich später noch einmal bei dir. Auf jeden Fall hast du mir sehr geholfen. Danke dir!«

Damit beendete sie das Telefonat und starrte gedankenverloren auf das Display.

Krasnici räusperte sich und Frieda bat ihn, die Staffkapitänin zu holen, um ihnen die von Wolfgang erhaltenen Informationen weiterzugeben.

»Nach allem, was meine Quelle über das Astrologenpaar in Erfahrung bringen konnte, handelt es sich bei den beiden um Betrüger! Helga Bunge und Dieter Hegner arbeiten mit falschen Visionen und Medien. Gabriele Döpper fungierte hier an Bord als Lockvogel. Sie wurde für die vorgetäuschte Vision eines sterbenden Mannes bezahlt, um so viele Kunden wie möglich zu generieren.«

»Kunden?«

»Menschen, die an Horoskope und Astrologie glauben und Zeuge einer solchen Vision werden, sind bereit, viel Geld für Einzelsitzungen auszugeben. Sie haben ja sozusagen den Beweis geliefert bekommen!«

»Sie meinen, das war ein abgekartertes Spiel?«

»Ganz sicher! Das deckt sich auch mit der Aussage von Frau Döpper.«, antwortete Frieda überzeugt.

»Und der Mord im Theater?«

»Orientierte sich an dieser Vision, um den Verdacht auf die Astrologen zu lenken!«

»Das heißt, der Täter hat sozusagen die Anleitung von Gabriele Döpper ausgeführt?«

Krasnici rollte verzweifelt mit den Augen.

»Warum geschieht dies alles ausgerechnet unter meinem Kommando?«

In diesem Moment kam Sicherheitsoffizier Brokalakis zurück auf die Brücke und übergab dem Kapitän das Handy von Johann Polk mit den Worten:

»Es ist gesperrt, wir haben es schon versucht.«

Frieda sah sich das iPhone an und hatte eine Idee.

»Jemand muss in die Kühlkammer und Polks Daumen auf den Fingerabdruckscanner legen!«

Alle drei sahen Frieda fassungslos an. Sie zuckte hilflos mit den Schultern.

»Ich bin mir nicht sicher, ob das ohne Durchblutung funktioniert, aber haben Sie eine bessere Idee?«

Brokalakis sah zu seinem Kapitän hinüber, der ergeben nickte.

57

Auf Deck 3 im Security-Room verengten sich Friedas müde Augen zu kleinen Sehschlitzen, so sehr konzentrierte sie sich auf die Bildschirme.

So angestrengt sie auch nach Hinweisen suchte, keine der in diesem Fall auffällig gewordenen Personen hatte Kontakt zu einer anderen.

Slobowicz hatte die vom Influencer-Trio zur Verfügung gestellten Aufnahmen überspielt und ließ diese nun auf einem externen Monitor laufen.

Von diesen Bildern versprach Frieda sich viel. Wenn die Positionen der Bordkameras bekannt waren, konnte ihnen aus dem Weg gegangen werden, aber die Aufnahmen des Trios waren willkürlich und Frieda suchte nach den kleinsten Details.

Parallel dazu scrollte sie durch die Fotogalerie im Handy des toten Johann Polks, bis sie auf eine Fotoserie stieß und verharrte. Dann bat sie Slobowicz, eine Kameraaufnahme von der Influencerin zu suchen, auf der sie Karin Mehdorn im Hintergrund gesehen hatte.

Irgendetwas übersah sie, aber was?

Wonach hatte sie Ausschau zu halten?

Mit Daumen und Zeigefinger vergrößerte sie die Bilder auf dem Handy und suchte den Hintergrund nach jedem noch so kleinen Detail ab. Dann ließ Frieda die Aufnahmen von Karin Mehdorn mehrmals vor- und zurückspulen und verglich sie mit der Fotoserie auf Polks iPhone.

»Können Sie mir die Aufnahmen vom Check-In auf Mauritius zeigen?«, bat sie.

»Und die vom Ausschiffen in Madagaskar auf dem Bildschirm daneben!«

Pavel Slobowicz hatte alle Hände voll zu tun und schließlich schrie Frieda auf.

»Stopp! Lassen Sie jetzt beide Aufnahmen ganz langsam vor- und zurücklaufen!«

Friedas Augen verfolgten jede Bewegung auf dem Bildschirm.

Das war es!

Wie hatte sie das übersehen können?

Vor lauter Details war ihr das Wesentliche verborgen geblieben. Ein Beweis, ein sehr guter und klarer Beweis.

Endlich! Ein wohliger Schauer überlief sie.

Sie konnte nicht umhin, den Mörder für dieses fast perfekte Verbrechen zu bewundern.

Ihr fehlte nur noch eine letzte Information, um ganz sicher zu sein.

»Kann ich von hier aus telefonieren?«

Slobowicz griff zum Hörer und wählte die Doppelnull vorweg.

»Hier, bitte!«

Sie fand die Nummer des Hotels im Internet und wählte. Als das Gespräch angenommen wurde, meldete Frieda sich mit Karin Mehdorn. Die Hotelrezeptionistin gab ihr bereitwillig Auskunft, während Slobowicz nicht schlau aus dem Telefonat wurde.

Als Frieda aufgelegt hatte, seufzte sie tief.

»Ich denke, wir sollten uns jetzt auf die Suche nach dem letzten Puzzleteil machen. Uns fehlt noch der Beweis!«

Sie ließ den Kapitän rufen, der wenige Minuten später im Security-Room eintraf.

»Könnten Sie bitte die Polizei informieren? Ich habe den Mörder!«

Krasnici blickte Frieda fassungslos an.

»Habe ich irgendetwas verpasst?«

»Das haben wir alle. Wir alle haben etwas verpasst, außer Christine Zabel!«

»Und wer ist es?«

Krasnici wollte wissen, wen er der Polizei von Victoria präsentieren sollte.

»Wir haben es mit zwei Tätern zu tun!«, klärte Frieda ihn auf.

»Also doch die Astrologen?«

In Friedas Kopf hatte sich eine Idee festgesetzt und ihr Plan war so perfide wie das Verbrechen selbst.

»Wir benötigen nur noch eine Doppelgängerin von Karin Mehdorn!«

»Fangen Sie jetzt schon wieder mit dieser Doppelgängeridee an?«

Krasnici rollte mit den Augen.

»Ich erkläre es Ihnen unterwegs!«

»Unterwegs wohin?«

»An Land! Und wir nehmen die blonde Instagramerin mit!«

»Mit wohin?«

»Wir treffen uns mit der Polizei im Hilton!«, klärte Frieda den Kapitän auf.

»Und woher weiß die Polizei, wo sie hinkommen soll?«

»Weil Sie es ihr sagen werden!«

Und dann verkündete Frieda nicht ohne Stolz:

»Ich sage Ihnen jetzt, wie ein blinder Passagier an Bord kommen konnte!«

Der Kapitän und Slobowicz streckten neugierig ihre Köpfe vor.

»Er täuscht vor, von Bord zu springen!«

58

Kommissar Astashova hat Sie gegoogelt und möchte ein Selfie mit Ihnen auf dem Kommissariat in Victoria.«

Krasnici lachte.

»Ist das Ihr Ernst?«

Frieda täuschte Desinteresse vor und platzte innerlich vor Stolz.

»Er spielt nur unter dieser Bedingung mit!«

»Was haben Sie ihm gesagt?«

»Dass Sie ganz außer sich vor Freude sind!«

Der Kapitän sah ihr in die Augen und erkannte, dass er nicht gelogen hatte.

»Erst einmal muss die Falle zuschnappen! Armin Mehdorn ist nicht zu unterschätzen.«, wiegelte Frieda ab.

»Wie sind Sie ihm auf die Schliche gekommen?«

»Dank Elke Winter!«

»Wer?«

»Das ist der Travestiestar an Bord Ihres Schiffes! Seine Verwandlung zu einem vollkommen anderen Menschen ist fantastisch und erst durch die zufällige Begegnung mit ihm im Kabinenflur war mir die Idee gekommen.«

Frieda beendete die Unterhaltung, da sie mit dem Hoteldirektor, dem Kommissar und zwei Polizisten vor der Zimmertür zu Armin Mehdorns Suite angekommen war.

Kapitän Krasnici klopfte energisch.

Mehdorn öffnete die Tür und Frieda konnte für den Bruchteil einer Sekunde das Schuldeingeständnis in seinen Augen erkennen. Im nächsten Moment sah er stirnrunzelnd und überrascht auf die Uniformierten und Frieda.

»Welch hoher Besuch! Wie kann ich Ihnen behilflich sein?«, fragte er selbstsicher lächelnd.

Der Kommissar zeigte seine Polizeimarke vor und der Hoteldirektor entschuldigte sich wortreich für die Unannehmlichkeiten.

Mehdorn lud sie mit einer Handbewegung ein, seine Suite zu betreten.

»Nur gut, dass ich hier ausreichend Platz habe!«

Das lichtdurchflutete Wohnzimmer mit dem dunklen Mahagoniboden war viel größer als die Suiten an Bord der AIDAaura. Die doppelflügelige, geöffnete Terrassentür gab den Blick über einen privaten Pool hinaus auf den Indischen Ozean frei.

Mehdorn schenkte sich aus einer kristallenen Karaffe ein und wandte ihnen den Rücken zu.

»Ich möchte gleich zur Sache kommen, Herr Mehdorn.«, ergriff Frieda das Wort.

»Ich weiß zwar nicht, was Sie wollen, aber ohne meinen Anwalt sage ich gar nichts!«, unterbrach Mehdorn sie.

Langsam drehte er sich zu Frieda um, prostete ihr zu und nahm einen kräftigen Schluck.

Frieda hatte sich genau darauf vorbereitet und war erleichtert, dass dieser Mann so vorhersehbar reagierte.

»Oh, wir wollen Sie nicht befragen, sondern festnehmen!«, entgegnete sie und wies auf den Kommissar. Dieser bedeutete den Polizisten, die Handschellen hervorzuholen.

Alles hing davon ab, ob Mehdorn ihr glaubte! Ähnlich wie beim Poker durfte er ihren Bluff nicht durchschauen. Sie brauchte das Überraschungsmoment, um ihn zu überführen.

»Und weswegen?«

Immer noch dominierte die Selbstsicherheit seinen Gesichtsausdruck.

»Wegen des Mordes an Ihrer Frau!«, antwortete Frieda gleichmütig und schnippte eine Fliege von ihrer Hand. Obwohl ihr das Herz bis zum Hals schlug, gelang ihr ein selbstbewusstes und unaufgeregtes Auftreten.

»Meine Frau ist vor zwei Tagen in Madagaskar von Bord gegangen. Wie und warum sollte ich sie getötet haben?«

Frieda beobachtete jeden seiner Gesichtsmuskel, sah aber nur ein siegessicheres Grinsen.

»Warum? Wegen des Geldes. Geht es nicht immer ums Geld?«

Mehdorn schaute die übrigen Personen an, hob die Arme und rollte theatralisch mit den Augen.

»Da muss ich Sie enttäuschen!«

Jetzt spielte er seinen vermeintlichen Trumpf aus.

»Im Falles des Todes meiner Frau erbe ich nichts, gar nichts. Zero, null, nada, niente!«

Er formte mit Daumen und Zeigefinger eine Null.

Frieda bestaunte die Suite und die Aussicht. Eine solche Suite mit Privatpool kostete sicher ein kleines Vermögen.

»Sie haben diese Suite bereits vor zwei Wochen gebucht?«

Mehdorn stockte kurz. Die Fassade bekam erste Risse.

»Ist das verboten?«

»Nein, ich frage mich lediglich, woher Sie vor drei Wochen wissen konnten, dass Sie hier in Victoria von Bord gehen würden, um Ihre seit 2 Tagen vermisste Frau zu suchen.«

Mehdorn lächelte Frieda lauernd an.

»Meine Frau und ich hatten geplant, in diesem Hotel einen unvergesslichen Urlaubstag zu verbringen!«

Ohne den Blick von Frieda abzuwenden, nahm er einen weiteren Schluck aus dem Kristallglas. Eine Geste, die an Überheblichkeit kaum zu überbieten war.

»Das ist eine schöne Erklärung! Aber Sie haben die Suite nicht für einen Tag, sondern für zwei Wochen gebucht.«

Frieda hielt seinem Blick stand.

Mehdorn fror in seinen Bewegungen ein.

»Mit wem wollten Sie denn die nächsten zwei Wochen hier verbringen?«

Friedas Frage blieb im Raum stehen.

»Da muss es sich um einen Buchungsfehler handeln!«, stammelte er.

Niemand reagierte und Mehdorn rief ungehalten:

»Wegen dieser Mutmaßungen wollen Sie mich verhaften?«

Er lachte und seine Selbstsicherheit kehrte zurück.

»Nein, Herr Mehdorn. Kommissar Astashova verhaftet Sie, weil wir eine Zeugin haben!«

Frieda gab dem Kommissar das verabredete Zeichen.

»Etwa die verrückte Alte, die nachts den Mann-über-Bord-Alarm ausgelöst hat? Dass ich nicht lache! Ich rufe jetzt meinen Anwalt an!«

In diesem Moment ging die Tür auf. Flankiert von zwei Polizisten betrat Karin Mehdorn die Suite.

59

Annika de Vries war stolz auf ihren Instagramaccount mit über 250000 Followern. Es war ein langer Weg gewesen, aber vor vier Wochen hatte sie eine Social-Media-Agentur beauftragt, lukrative Werbeaufträge abzuschließen. Sowohl die AIDA-Reederei als auch ein bekanntes Modelabel hatten ihr Sponsoring angeboten. Sie und ihre beiden Assistenten fuhren kostenlos auf der AIDAaura und im Gegenzug für das Tragen der hochpreisigen Kleidungsstücke während dieser Reise, durfte sie die Klamotten behalten. Jeden Abend luden ihre Jungs die neusten Fotos und Filmchen hoch. Das war der Deal.

Besucher- und Klickzahlen bestimmten ihren Marktwert und dass sie jetzt bei der Ermittlung eines Mordfalles mitwirken durfte, war ein Geschenk des Himmels.

Der Kapitän hatte ihr untersagt, die Kameramänner auf diesen Ausflug mitzunehmen. Die beiden schnitten bereits aus Filmschnipseln und Bordvideos einen Bericht zusammen, den sie dann nur noch vertonen musste. Ihre Rolle bei den Mordermittlungen würde fürs Internet aufgebauscht werden.

Aus ermittlungstechnischen Gründen hatte sie sich verpflichten müssen, keine Namen von Beteiligten zu nennen.

Sowohl ihre Figur als auch die Nasen- und Kinnpartie wiesen eine Ähnlichkeit zu der vermissten Frau Mehdorn auf. Deshalb war sie für diese Rolle ausgewählt worden.

Als Gegenleistung für ihre Mitarbeit hatte sie außerdem ein Interview mit Frieda Olsen ausgehandelt.

Als sie die alte Dame gegoogelt hatte, wusste sie sofort, dass sie von deren Medienpräsenz profitieren würde.

Sie waren gemeinsam in die Stadt gefahren, um diverse Accessoires einzukaufen, unter anderem eine Dior-Sonnenbrille und einen cremefarbenen Seidenschal. Beides durfte sie behalten.

Im Hilton angekommen, begleitete die Staffkapitänin sie in die Damenwaschräume. Sie gelte sich die Haare nach hinten, bleichte die Augenbrauen und schminkte das Gesicht mit sehr hellem Puder. Dann drapierte sie den Seidenschal um ihren Kopf und setzte die große, getönte Brille auf.

Ein Blick in den Spiegel ließ sie erschaudern. Sie erkannte sich selbst nicht wieder!

Sabine Christiansen musterte sie und schüttelte den Kopf.

»Versuchen Sie, ein eingefallenes Gesicht zu machen. Die Täuschung muss so perfekt wie möglich sein.«

Annika de Vries zauberte mit dunklerem Puder Schatten unter die Augen.

»Perfekt!«

In diesem Moment wurde ihr bewusst, dass die Frau, die sie zu sein vorgeben würde, wahrscheinlich tot war.

»Ich muss noch einmal zur Toilette!«, sagte sie und verschwand in der Kabine.

Dort machte sie eine Reihe Selfies, um die Geschichte später auf Instagram glaubhaft darstellen zu können.

Sie war als Annika de Vries in die Damenwaschräume gegangen und kam als Karin Mehdorn wieder heraus.

Während sie von zwei Polizisten und der Staffkapitänin zur Suite geführt wurde, kam ihr die Idee für den Titel der Instagram-Story: *Von den Toten auferstanden*.

Als Armin Mehdorn sah, wen die beiden Polizisten in die Suite führten, entglitten ihm endlich die Gesichtszüge und er rief aufgebracht:

»Phyllis, was tust …!«

Dann verstummte er. Ihm war sein Fehler sofort bewusst.

Auf Friedas Gesicht breitete sich ein zufriedenes Lächeln aus.

60

Frieda hatte sich an das kleine Notizbuch erinnert, das Hermann Seitz bei sich getragen hatte. Jetzt stand sie mit der Staffkapitänin vor der Tür seiner Kabine auf der AIDAaura.

»Dürfte ich einige Minuten allein in der Kabine verbringen?«, bat sie und Sabine Christiansen nickte.

»Wenn Sie mich brauchen, rufen Sie auf meinem Handy an. Ich gehe auf die Brücke.«

Hermann Seitz hatte einen Mord gestanden und Frieda wollte nachsehen, ob sich aufschlussreiche Informationen in seinem Privatbesitz befanden.

Im Schrank hingen Hemden und Hosen akkurat nebeneinander. Die Wäsche war fein säuberlich gefaltet.

Frieda öffnete die Schubladen und Schränke. Es fühlte sich an, als störe sie die Totenruhe.

Schließlich fand sie im Nachtschrank das Notizbuch.

Sie setzte sich auf den Stuhl am Schreibtisch und öffnete die Balkontür. Von draußen drang der Lärm der Hafenarbeiten zu ihr, aber als sie in dem kleinen Notizbuch blätterte, vergaß sie alles um sich herum.

Die Aufzeichnungen begannen mit einem Eintrag aus dem April 1945.

Heute habe ich Schuld auf mich geladen …

Zwei Stunden später klappte Frieda das kleine Büchlein zu und wischte die Tränen aus ihrem Gesicht.

Dieser Mann hatte in seinen 91 Jahren so viel erlebt und versucht, Gutes zu tun. Zeit seines Lebens hatte er mit einer Schuld gelebt, die sich schicksalhaft auf das Leben vieler Menschen ausgewirkt hatte. Er war diese Reise angetreten, um den auf Madagaskar lebenden Sohn von Oberstabsfeldwebel Rint zu treffen.

Frieda trat hinaus auf den Balkon, überblickte die Hafenanlagen von Victoria und versuchte, sich ein Leben mit der Last dieser Schuld vorzustellen.

Hermann Seitz hatte das Leben von 400 Gefangenen in dem KZ Karlshagen gerettet, indem er den Oberstabsfeldwebel erschoss, der mit der Tötung der Gefangenen beauftragt war.

Einige Jahre hatte er versucht, diesen Mord vor sich selbst zu rechtfertigen. Als er erfahren hatte, dass die von ihm geretteten Häftlinge ausnahmslos als Kriegsgefangene in russische Straflager verbracht worden und dort elendig gestorben waren, war ihm bewusst geworden, dass er das Leid dieser von ihm vermeintlich Geretteten nur verlängert hatte. Seine Schuld war nicht auf den Mord eines skrupellosen Nazis beschränkt, sondern erhöhte sich um die Qualen vieler unschuldiger Gefangener.

Damals war Hermann Seitz bewusst gewesen, dass alle Anlagen und Bunker zu sprengen waren, bevor der Iwan käme. In den folgenden Jahren hatte er das Weltgeschehen verfolgt. Als die Sowjets den Sputnik und den ersten Mann in den Weltraum schickten und dadurch der Höhepunkt des Kalten Krieges erreicht wurde, fühlte Hermann Seitz sich für die allgegenwärtige Gefahr eines dritten Weltkrieges mitschuldig.

Er war in einer Spirale aus Schuld gefangen gewesen. Vor seinem Tod hatte er zumindest dem Sohn den Mord an seinem Vater beichten wollen.

Frieda war Zeugin dieser Beichte in dem Grand Hotel in Antsiranana gewesen. Sie stellte sich vor, wie sie reagiert hätte, würde jemand Wildfremdes ihr eröffnen, ihren Vater getötet zu haben.

Plötzlich kam ihr eine Idee. Sie durchsuchte noch einmal die Kabine und ging schließlich die Liste der Habseligkeiten durch, die Hermann Seitz bei sich trug, als er den Schwächeanfall im Büro des Kapitäns erlitt. War es für einen so alten Mann normal, kein Handy zu besitzen? Wie hatte er dieses Treffen auf Madagaskar arrangiert? Wahrscheinlich per Telefon oder anhand eines Briefes!

Sie griff zum Hörer und wählte die Durchwahl der Staffkapitänin.

»Können Sie herausfinden, ob Hermann Seitz von Bord aus telefoniert hat?«

»Natürlich!«

Frieda hörte Christiansen auf einer Tastatur tippen.

»Er hat nur einmal, vorgestern in Antsiranana, telefoniert. Wollen Sie die Nummer haben?«

Frieda bejahte dies und blieb hin- und hergerissen vor dem Telefon in Hermann Seitz Kabine sitzen. Dann nahm sie allen Mut zusammen und wählte die Nummer in Madagaskar. Nach dem dritten Klingeln wurde das Gespräch angenommen.

»Rint!«

Frieda stockte für einen Moment. Ihr Mund fühlte sich trocken an. Durfte sie sich hier einmischen, schließlich war das etwas sehr Privates?

»Hier spricht Frieda Olsen von der AIDAaura. Hermann Seitz ist verstorben!«

Am anderen Ende der Leitung herrschte Stille.

»Er hat eine Art Tagebuch hinterlassen und es hat mit dem Tod Ihres Vaters zu tun.«

Immer noch sagte der Angerufene kein Wort.

»Ich würde Ihnen dieses Buch zukommen lassen, wenn Sie es wünschen!«

Frieda kam sich pietätlos vor und bereute, diesen Anruf getätigt zu haben.

»Schicken Sie es auf meinen Namen ins Grand Hotel in Antsiranana. Ich werde es dort abholen!«, sagte Rint und legte auf.

In der festen Überzeugung, Hermann Seitz letzten Willen erfüllt zu haben, seufzte Frieda zufrieden.

Ihres Erachtens trug er keine Schuld an der Entwicklung des Weltgeschehens.

Aber jeder war so schuldig, wie er sich fühlte.

61

Jetzt spannen Sie mich nicht länger auf die Folter! Wie sind Sie darauf gekommen?«

Frieda genoss Krasnicis Ungeduld und hatte ihre Freude daran, ihn hinzuhalten. Bei einem Kapitänsdinner würde sie ihm jeden Gedanken ihrer Ermittlungen offenbaren. Sie hatte sich dafür eine spezielle Location ausgesucht.

Als der Kapitän ihren Wunsch vernahm, lachte er herzlich.

Nun saßen Frieda und er an einem festlich eingedeckten Tisch auf der Brücke.

Ein Dinner an diesem Ort stellte auch für Krasnici eine Premiere dar!

Während die Trüffelravioli auf Blattsalat in der Küche des Selection-Restaurants zubereitet wurden, begann Frieda mit ihren Ausführungen.

»Wir hatten es mit einem fast perfekten Verbrechen zu tun, denn Armin Mehdorn hatte nicht nur kein Motiv, sondern enorme finanzielle Nachteile mit dem Tod seiner Frau.«

»Erzählen Sie mir bitte nicht, Sie sind auf ihn gekommen, weil er es nicht hätte sein können!« Krasnici nahm einen kräftigen Schluck von seinem alkoholfreien Bier.

»Nein, eigentlich brachte Hermann Seitz mich unbeabsichtigt auf einen Gedanken.«

Frieda drehte das Rotweinglas in ihrer Hand.

»Seitz?«

»Sehen Sie, er war ein integrer, zuvorkommender und absolut manierlicher Gentleman der alten Schule. Das einzige Mal, dass ich ihn unhöflich und respektlos erlebt habe, war, als Karin Mehdorn mit ihrem Mann auf der Heckterrasse gestritten hat.«

Krasnici hörte aufmerksam zu.

»Alle unfreiwilligen Zeugen des Ehekrachs mit den Beleidigungen, die Armin Mehdorn seiner krebskranken Frau an den Kopf warf, empfanden Mitleid mit der Frau. Nur Hermann Seitz machte eine abwertende Bemerkung über sie. Mich irritierte und ärgerte das zu dem Zeitpunkt und erst heute Nachmittag erinnerte ich mich wieder daran.«

»Ich verstehe nicht!«

»Sehen Sie, ich tappte die ganze Zeit mehr oder weniger im Dunklen und hatte keine heiße Spur.«

Frieda sah nachdenklich in die Dämmerung über dem Indischen Ozean, bevor sie fortfuhr:

»Ich habe nach Ungereimtheiten gesucht und Seitz Reaktion war ein solches Detail. Also habe ich mir die Aufnahmen der Bordkameras auf der Heckterrasse angesehen. Immer und immer wieder bin ich durchgegangen, ob ich etwas übersehen hatte und beim gefühlt 1000ten Mal ist mir ein flüchtiges Lächeln im Gesicht von Karin Mehdorn aufgefallen. Nicht wirklich ein Lachen, eher ein kurz aufflackerndes Schmunzeln. Ich habe mir die Aufnahme vergrößert angesehen und festgestellt, dass sie tatsächlich die Mundwinkel vergnügt hochgezogen hatte.«

Der Kapitän hing gespannt an Friedas Lippen.

»Daraufhin habe ich nach anderen Aufnahmen gesucht, auf denen die beiden zu sehen waren. Ich wusste nicht, wonach ich suchte, aber schließlich fand ich die Erklärung.«

Sie legte eine dramatische Pause ein und sah Krasnici an.

»Und?«

»Sie war Rechtshänderin!«

»Rechtshänderin?«

Krasnici war mit seiner Geduld am Ende.

»Auf den Aufnahmen am Tag der Einschiffung war eindeutig zu sehen, dass Karin Mehdorn Rechtshänderin war. Dagegen zeigten die Aufnahmen auf der Terrasse während des Streits eine Frau, die mit links nach Besteck, Glas, Kaffeetasse oder Serviette griff.«

Die Augen des Kapitäns weiteten sich voller Bewunderung.

»Das war die erste heiße Spur. Dann war da noch der blinde Passagier, denn ich glaubte Christine Zabel, die jemand hat über Bord gehen sehen. Irgendwann fiel es mir wie Schuppen von den Augen. Wenn es unmöglich war, als blinder Passagier an Bord zu kommen, dann musste es eine andere Erklärung geben.«

»Sie müssen schon deutlicher werden!«, gab Krasnici seiner Verwirrung Ausdruck.

»Keine der Aufnahmen konnte zeigen, von wo Phyllis Michalek ins Hafenbecken gesprungen war, aber die Videoaufnahme des Influencer-Trios, das an der Reling posierte, zeigte im Hintergrund ein sehr aufschlussreiches Detail.«

»Welches?«

»Ein Mann stand an der Reling, schaute sich mehrfach um und schrie plötzlich: *Sie ist gesprungen, sie ist wirklich gesprungen!* Dann zeigte er hinunter auf Phyllis Michalek, die im Hafenwasser schwamm!«

Krasnici lauschte gebannt.

»Dieser Mann war Armin Mehdorn und ich musste nur noch zwei und zwei zusammenzählen, um herauszufinden, was geschehen war. Als ich heute Nachmittag im Kabinenflur den Mann erkannte, der auf der Bühne den Travestiestar Elke Winter spielt, wusste ich, dass die Lösung des Falles in der Verkleidung lag. Elke Winter schlüpft in die Rolle einer anderen Person und das ist der Schlüssel zu dem Verbrechen.«

Frieda dachte an Karin Mehdorn und hoffte inständig, dass sie bereits tot gewesen war, als ihr Mann sie vom Balkon der Kabine seiner Geliebten geworfen hatte. Danach hatte Phyllis Michalek sich als Karin Mehdorn verkleidet.

»Und es ist nicht aufgefallen, dass es nicht Karin Mehdorn war!«, resümierte Krasnici.

»Überlegen Sie mal, Kapitän. Wenn Sie eine offensichtlich krebskranke Frau mit Kopftuch sehen, dann schauen sie peinlich berührt weg. Auch ich habe mich ertappt, den Blickkontakt zu meiden. Dazu die große, dunkle Sonnenbrille sowie der ähnliche Körperbau und schon konnte Phyllis Michalek sich als Karin Mehdorn der Öffentlichkeit präsentieren.«

An dem Bierglas nippend, überlegte der Kapitän. »Moment, wir haben nach dem Verdacht, dass jemand über Bord gegangen war, alle Passagiere durchgezählt!«

Frieda schmunzelte.

»Dass es mit Christine Zabel eine Zeugin geben würde, hatten die Täter nicht vorhergesehen und sie mussten improvisieren. Als Ernesto an Mehdorns Suite klopfte, befand sich Phyllis Michalek alias Karin Mehdorn mit deren Bordkarte in der Kabine des Ehepaares. Dann ging sie mit ihrer eigenen Bordkarte als Phyllis Michalek hinaus und wurde entweder in ihrer Kabine oder irgendwo an Deck als anwesender Passagier gezählt. So fehlte niemand und als am übernächsten Tag Karin Mehdorn ausschiffte, war diese bereits tot und es handelte sich um die verkleidete Phyllis Michalek. Sie holte beim Auschecken die Bordkarte mit der linken Hand aus der Tasche.«

»Das bedeutet, sie ist nicht über Bord gesprungen!«, rief Krasnici aus.

»Korrekt. Sie hat als Karin Mehdorn im Grand Hotel eingecheckt und ist später vom Pier ins Hafenbecken gestiegen und zum Schiff geschwommen. Dort hat Armin Mehdorn gewartet. Als er sie im Wasser entdeckte, rief er lautstark um Hilfe. Niemand wunderte sich, da sie ja mehrfach vor Zeugen verkündet hatte, einmal von Bord springen zu wollen.«

Krasnici nickte langsam.

»So kommt also kein blinder Passagier an Bord, sondern nur jemand ohne Bordkarte!«, präzisierte er Friedas Ausführung. Es war ihm wichtig, klarzustellen, dass es blinde Passagiere auf Kreuzfahrtschiffen nicht mehr gab.

»Ja natürlich!«, bestätigte Frieda.

»Und jetzt noch einmal zum Motiv. Armin Mehdorn erbt doch nicht!«

»Das stimmt! Deshalb auch die ganze Scharade mit Phyllis Michalek als Doppelgängerin und den geschauspielerten

Streitigkeiten. Armin Mehdorn beerbt seine Frau zwar nicht, aber bei ihrem spurlosen Verschwinden hätte er bis zu 2 Jahre Zeit, als Bevollmächtigter ein Vermögen beiseite zu schaffen, bis sie offiziell für tot erklärt und das Testament in Kraft treten würde. Für ihn war es enorm wichtig, dass seine Frau lebend von Bord ging und danach als vermisst galt.«

Krasnici stocherte in den Trüffelravioli, die schon vor 10 Minuten gebracht und mittlerweile erkaltet waren.

»Unfassbar eigentlich, dass Mehdorn so dumm war, das Hotel im Voraus für zwei Wochen zu buchen!«, sinnierte er.

»Die größten Genies machen die dümmsten Fehler, das gilt auch für Verbrecher! Hätte er in dem Hotelzimmer die Doppelgängerin seiner Frau nicht mit Phyllis angesprochen, wäre es sehr schwer gewesen, ihm den Mord zu beweisen. Aber letzten Endes wird seine Geliebte Phyllis Michalek sicher bei einem Polizeiverhör einknicken.«

»Und warum musste Johann Polk sterben?«, fragte Krasnici.

»Er hatte den Auftrag, mich zu beobachten. Auf seinem Handy sind Aufnahmen von Phyllis Michalek in ihrer Verkleidung als Karin Mehdorn. Ich denke, ihm ist die Sache aufgefallen und er hat Armin Mehdorn damit konfrontiert. Vielleicht wollte er ihn sogar erpressen, wer weiß? Jedenfalls hat Mehdorn die Nachricht von Gabriele Döppers Vision, die sich ja wie ein Lauffeuer unter den Gästen verbreitet hat, genutzt. Indem er den Mord sozusagen nach dieser Anleitung ausführte, lenkte er den Verdacht auf das Astrologenteam.

Er ist ein kaltblütiger, geldgieriger Mörder und ich hoffe, er wird für den Rest seines Lebens weggesperrt.«

Krasnici nickte zustimmend und einträchtig schwiegen beide eine Zeitlang.

Schließlich erzählte Frieda dem Kapitän von den Aufzeichnungen aus Hermann Seitz Notizbuch und dem Anruf bei dem Sohn von Oberstabsfeldwebel Rint.

Ergriffen lauschte Krasnici ihren Worten.

»Ich muss gestehen, dass ich mich geirrt habe. Sie haben tatsächlich ein Gespür für Kriminalfälle!

Ihnen verdanken wir es, dass die AIDAaura ihre Reise fortsetzen kann und ich stehe tief in Ihrer Schuld!«

Er prostete Frieda augenzwinkernd zu.

»Und deswegen weihe ich Sie jetzt in mein kleines Geheimnis ein und zeige Ihnen, wo ich am liebsten esse!«

Krasnici erhob sich, reichte Frieda seinen Arm und führte sie in die Crew-Bar auf Deck 2.

»Donnerstags gibt es hier unten die besten Burger!«, schwärmte er und geleitete Frieda an einen Tisch auf der kleinen Terrasse am Heck.

Aller Augen hafteten ängstlich und neugierig auf ihnen. Den Anblick des Kapitäns in der Crew-Bar war die Mannschaft gewohnt, aber Frieda Olsen war die Frau mit dem bösen Omen.

»Hier unten bin ich meiner Besatzung ganz nah. Es gibt mir ein gutes Gefühl, zu wissen, wer sie sind und dass ich mich auf sie verlassen kann.«, erläuterte Krasnici.

Ohne bestellt zu haben, wurden zwei riesige Burger an ihren Tisch gebracht. Herzhaft griff Krasnici zu. Als auch Frieda mit weit aufgesperrtem Mund einen Bissen nahm, liefen ihr Soße und Fett das Kinn hinab. Aus den Augenwinkeln sah sie Ernesto inmitten der anderen Crewmitglieder. Alle lachten und applaudierten schließlich. Der

Bann war gebrochen, Miss Frieda Marple Olsen war eine von ihnen!

Später in der Nacht saß Frieda auf der Terrasse ihrer Suite und blickte über den Bug, der den dunklen Ozean zu teilen schien. Sie dachte an das schicksalsträchtige Leben von Hermann Seitz, das von Schuld und Buße geprägt war.

Sie schrieb ihm posthum ein paar Zeilen und würde Staffkapitänin Christiansen bitten, den Brief zu seiner Leiche im Kühlraum zu legen.

Lieber Herr Seitz,

Schuld und Angst sind zwei grausame Gefühle, die unerbittlich Glück und Geborgenheit aus der Seele verbannen. Sie treten so facettenreich auf, dass der begrenzte, menschliche Geist die Auswirkungen nicht erahnen kann. Erst die Anerkennung der Schuld und das Ergründen der Angst geben die Seele frei aus der Umklammerung.

Mit aufrichtigen Gedanken,
Frieda Olsen

ENDE

Frieda Olsen ermittelt weiter ...

Fortsetzung folgt ...

DANKE

Dieter, deine Erinnerungen an Peenemünde aus den vierziger Jahren haben mich zu einem der Handlungsstränge inspiriert!

Danke, dass ich diese persönlichen Erlebnisse aus dem Zweiten Weltkrieg von einem 91-jährigen Zeitzeugen hören durfte! Ich hoffe auf viele weitere interessante Stunden mit dir und deiner Frau – ihr sollt ewig leben!

Thomas, du bist der Adressat für meine vielen Fragen rund um die Entstehung eines Buches! Ich werde nie wieder nach 21 Uhr anrufen, versprochen! Danke für diese, weit über Kollegialität hinausgehende, Freundschaft!

Elke Winter alias XX, dich habe ich auf der Kreuzfahrt kennengelernt. Danke, dass dein Auftritt als Gastkünstler einen Knoten in meinem Kopf entwirrte und für viel zu viele, schlafraubende virgin Pina Coladas!

Dies ist mein dritter Kreuzfahrtkrimi mit Frieda Olsen als unfreiwillige Ermittlerin.

Ich hatte das große Glück, das Manuskript dieses Buches auf einer 4-wöchigen Kreuzfahrt schreiben zu dürfen! Mein schönstes Erlebnis war der Kontakt zu einem Mitreisenden, der sich erkundigte, was ich denn schreiben würde. Meine Antwort ließ ihn laut auflachen und die ersten beiden AIDA-Bände aus seinem Rucksack ziehen! Es war ein wahnsinnig gutes Gefühl, einem Leser meiner Bücher zu begegnen!

Solltest du also während einer Kreuzfahrt auf eine in sich vertiefte Person vor einem Laptop treffen, sprich mich an! Ich freue mich auf dich!

DANKE!

Deine Krinke

DIR HAT
DAS BUCH GEFALLEN?

Ich freue mich sehr, dass du mein Buch bis zu dieser Stelle gelesen hast. Wenn es dir gefallen hat, wäre es toll, wenn du ihm bei dem Online-Shop eine Bewertung gibst, bei dem du bestellt hast. Oder du schreibst bei einem deiner Lieblings-Buchportale eine Rezension.

Es ist nicht nur sehr schön, Meinungen zu meinem Buch zu lesen. Außerdem hilft es mir auch dabei, weitere Geschichten zu schreiben und neue Leser für meine Bücher zu finden.

KAMPENWAND
VERLAG